서평에 담은 그들만의 인생 이야기

자서전에 반하다

서평에 담은 그들만의 인생 이야기

자서전에 반하다

이은미 지음

보고사
BOGOSA

자서전과 평전에 대한 군소리

더 넓은 세상으로 나가고 싶은가?
그렇다면 책을 읽어라.
책을 읽기 싫다면?
그때는 과감히 책을 덮어라.
우리에겐 책을 읽지 않을 권리도 있으니까.

오래전, 책 읽기와 글쓰기를 편안한 여가처럼 즐겨하시던 선생님께 배움을 청하던 시절이었다. 생소한 개념과 이론을 적용하여 색다른 글쓰기 과제를 내주시고 참고할 만한 책 목록을 친절히 일러주시는 데까지는 좋았다. 하지만 재미없으면 절대 읽지 말라는 단서를 꼭 붙이곤 하셨다. 그런데 바로 그 부분이 문제였다. 선생님이 내주시는 일천 쪽이 넘는 엄청난 분량의 책들을 정해진 기간 안에 모두 읽을 자신은 없었기 때문이다. 때로는 일부만 대충 읽어도 되지 않을까, 아예 읽지 않아도 크게 문제는 없지 않을까 하는 게으른 의심이 들기 시작했다.

　사실 그 고민에 대한 해답은 생각보다 쉬웠다. 그저 내 맘대로 하면 되었으니까. 다만 선생님은 관련된 책들을 읽고 온 학생들과 대화를 진행하셨을 뿐이었다. 책을 읽지 않은 학생들에 대해서는 어떠한 질문도 책임도 묻지 않으셨다. 하지만 나는 선생님의 이런 방임으로부터 결코 자유롭지 못했었다. 책임감 때문에 숙제를 하듯이 꼬박꼬박 책을 읽었고, 매번 책 읽기를 마음껏 즐기지는 못했다. 결과적으로는 여러모로 내게 다행한 일이 되긴 하였지만 과정은 결코 수월하지 않았다. 선생님은 책 읽기에 대한 자유를 주셨지만 학점에 대한 자유까지는 허락하지 않으셨기 때문이다.

　다니엘 페나크Daniel Pennac는 '책을 읽다'라는 동사가 '꿈꾸다', '사랑하다'와 함께 명령어로 바꿀 수 없는 단어라고 말한다. 꿈꾸고 사랑하는 것은 지극히 자유로운 개인의 영역인 것처럼 책 읽기도 마찬가지라는 논리다. 그러니 그 시절 선생님은 아마도 책을 읽어야 세상에서 꿈꾸고 사랑하는 방법을 얻을 수 있지만 그것은 철저하게 개인의 선택이라는 뜻을 전하고 싶으셨던 것이 아니었을까 싶다. 누군가의 삶에서 꿈꾸고 사랑하기를 강요할 수는 없는 일이니까. 하지만 때로는 누군가가 내 앞에 읽을 책들을 쌓아놓으면서 꿈꾸고 사랑하라고 부추겨 주었으면 한다. 어떤 꿈을 꾸어야 할지, 어떤 사랑을 만들어가야 할지 선택하는 것은 결국 각자에게 남겨진 과제인데도 이런 생각이 드는 것은 어떤 책을 선택할 것인가에 대한 고민 때문이다.

어떤 책을 읽으면 좋을까?

삶은 누구에게나 궁금한 사건이다. 내 삶이 궁금한 것만큼이나 살다 보면 남의 인생도 궁금해진다. 때로 남의 인생을 엿보다 보면 그 인생에 공감하기도 부러워지기도 하고 내 인생이 개탄스러워지기도 한다. 그리고 가끔 내 인생이 들여다보이기도 한다. 삶은 누구에게나 닮아있는 부분이 있기 때문일 것이다. 자서전은, 평전은 여느 책보다 수다스러운 책이고 생각이 많아지는 책이다. 그런데 수다스럽고 다양한 생각들은 우리를 돌아보게 하고 안타깝게 하고, 다시 생각하게 한다. 우리를 키운다. 그것은 자서전이나 평전이 갖는 크나큰 역할이며 가치일 것이다.

처음부터 내 삶을 돌아본다는 거창한 요량으로 자서전이나 평전들을 찾아 읽은 것은 아니었다. 한 권 두 권 읽는 사이에 나는 이미 돌아보고 있었고 다시 생각하고 있었다. 물론 견디기 힘들만큼 지루할 때도 있었고 외면하고 싶을 때도 있었다. 그러나 많은 장면들에 공감하고 있었고 심지어는 위로를 받고 있었다. 각자가 살아가는 삶의 색깔은 다르지만, 살면서 어떤 이의 삶이 내 삶 안으로 비껴 들어와 다시 곰곰 생각해 볼 기회는 그리 많지 않았다. 어쩌면 그것은 큰 변화일는지도 모르겠다.

그 변화를 다른 독자들에게도 전염시켜 보고 싶다면 과한 욕심일까. 자서전이나 평전 비슷한 것들을 읽고 모아 두었던 얕은 생각들을 모아 그 일을 할 수 있을지도 모른다는 생각이 들었다. 이렇게 자서전이나 평전을 읽고 남겨 놓은 나의 군소리 같은 글들은 어쩌면 또 다른 의미에서 나의 자서전이 되는지도 모르겠다. 이곳저곳에 실렸던 서툰 단편들을 모아 다듬고, 추가하여 내 삶을 내비치는 작은 표지로, 작은 변화를 불러오는 사소한 실마리로 사용해 보려고 한다.

누군가의 삶을 통째로 다른 사람에게 드러내 보이는 것은 생각보다 쉽지 않은 일이다. 그런데 자서전이나 평전을 쓴 작가들은 이미 그 일을 해내었고, 나는 거기에 내 익지 않은 생각을 조금 보태었을 뿐이다. 그리고 내 글을 읽는 독자들은 그 자서전들을 기쁘고 반가운 마음으로 찾아 읽게 되면 더욱 좋겠다. 그리고 군소리 같은 이 책 속의 생각과 표현들을 글쓰기의 팁처럼 활용해서 호젓한 자신만의 시간 안에서 편한 글쓰기를 해볼 수 있다면 더할 나위 없겠다.

자서전에 반하다,

자서전은 인간의 삶에 대해 이야기하는 책의 다른 이름이다. 자서전뿐 아니라 자전 소설도, 평전도 모두 '자서전'이라는 이름 안에서 만나보려 하였다. 누군가의 인생 한 조각을 회상하며 단 한 뼘만큼의 위로를 받아도 좋겠다. 다른 사람의 삶 속에서 나를 찾아와 현재의 내 어깨를 토닥여 줄 수 있다면. 그리고 읽어서 남 주는 책 읽기가 시작될 수 있다면…

자서전에 반하다

이 책은 그런 바람으로 만들어졌다.

남이 들려주는 인생 이야기에 편히 귀를 열어놓고 쓰는 글쓰기처럼 여겨질 수도 있겠지만 이 역시도 책상에 앉아 한 번에 글들이 쉽게 쏟아져 나온 것은 아니었다. 사실, 이미 세상에서 탁월하다고 인정받는 인생의 글쓰기들을 만났는데, 그런 글쓰기를 두고 굳이 더 명문을 한번 만들어 보겠다든지 하는 감정은 사치가 아닐까 싶다. 다만 많은 사람들이 가지고 있는 삶에 대한, 그리고 읽기와 쓰기에 대한 문제들을 공감하고 '나'의 글쓰기를 시작하는 데 조금이라도 도움이 될까 하여 스스로 고민해 온 시간들을 소심하게 차곡차곡 쌓아보았을 뿐이다.

내가 자서전에 빠져 지내는 동안, 잊고 있던 주인공들의 모습을 예술적인 프로필 컷으로 되살려 준 신채리 작가에게 고마운 마음을 전한다. 그리고 든든한 한 팀이 되어 준 보고사에도 깊이 감사드린다.

차례

제1장

작가의 자서전은 다르다

제1장은 작가들의 자서전이다. 작가들의 자서전을 읽고 난 후 머릿속에 지나간 생각들을 거칠게 붙잡아 놓은 장이다. 작가들의 자서전이라고 하면 말만으로도 특별할 것 같다. 작가들에게는 태어난 순간부터 무언가 특별한 소설 같은 장면이 있고, 어려서부터 다른 사람들과는 다르게 특별한 문장을 쓰고 있고, 더구나 자신의 자서전은 말할 것도 없이 완벽한 한 편의 작품을 만들어 놓았을 것만 같다. 하지만 눈을 씻고 찾아보아도 태어날 때부터 작가인 사람은 없다. 자라면서 작가가 되기를 치열하게 원했던 경우도 드물다. 그리고 글쓰기에 대한 천재성만으로 늘 쉽고 편하게 작품을 완성해 온 사람도 드물다. 우리가 사는 동안 누군가를 만나는 것을 운명이라 하듯이 작가가 자신의 완성된 작품을 만나게 되는 것도 쉽지 않은 운명이다. 톰 소여와 삐삐를 만나러 가는 동안 독자에게 작가의 모습은 이미 톰 소여와 삐삐의 모습으로 자리 잡고 있다. 그래서 작가들의 책 속에 들어 있는 톰 소여와 삐삐는 그들의 삶 속에도 그대로 녹아 있다.

하지만,

삶은 소설이 아니라서 그렇게 뛸 듯이 기쁘지 않다.

삶은 소설이 아니라서 그렇게 극적인 반전도 없다.

그렇지만,

보면 알 수 있다.

삶이 얼마나 소설과도 같은지.

삶이 얼마나 소설과는 다른지.

삶을 추억하는 매운 시간을 만나다

회상은 재차 회상을 위해 애쓰는 또 다른 회상들에 의존한다. 그런 점에서 회상은 양파를 닮았다. 양파는 껍질이 하나하나 벗겨질 때마다 오래전에 잊혔던 사실들, 저 까마득한 어린 시절의 젖니까지도 남김없이 드러낸다. – 귄터 그라스

양파 껍질을 벗기고 있노라면 눈물이 난다. 천천히, 하얀 속살이 다치지 않도록 얇게 벗기려고 공을 들이는 동안 눈에 눈물이 고이고 지문 끝에도 찡한 반응이 전해진다. 삶도 그렇다. 노벨 문학상 수상 작가의 삶은 책 속에서 양파 껍질을 벗겨내듯 공들여 벗겨지고 또 벗겨진다. 작가는 이 책을 세상에 내놓으면서 젊은 날 히틀러의 무장친위대에 복무했다는 사실을 고백하고 사회적인 비판 여론을 불러오지만 사실 그런 것은 중요하지 않다. 친위대를 엘리트 부대쯤으로 여기고 보냈던 작가의 과거는 그의 작품 속에서 끊임없이 '왜 몰랐을까?'라는 자책으로 눈물겨운 껍질을 벗겨내고 있

기 때문이다.

이 책은 이차대전이 시작될 무렵부터 '양철북'이 나오기까지, 작가의 이십 년 동안의 생애를 소재로 하고 있다. 작가의 회상 혹은 기억은 서술자의 시점을 바꾸어 가면서 필요에 따라 자서전이 되기도 하고 자전 소설이 되기도 한다. 작가의 기억이 갖는 불확실성의 벽은 그래서 더 인간적인 문체로 감수성을 뽐내기도 하고, 때로는 과감한 스토리의 옷을 입고 나타나기도 한다. 작가가 말했듯이,

'회상은 누군가가 벗겨주기를 원하는 양파와도 같다. 회상은 한 글자 한 글자 있는 그대로 자신을 드러내고 싶어 한다. 명백하게 드러나는 경우는 거의 드물고, 때로는 좌우가 바뀐 거울 문자로, 때로는 어떤 수수께끼 같은 글자로 나타나기도 하지만.'

거의 모든 자전적 글들이 그렇듯이 가족에 대한 이야기는 작품의 굵직한 윤곽선을 만들어 주는 역할을 한다. 아버지에 대한 작가의 회상도 그러하다.

나의 성장기에서 제발 사라져 줬으면 했던 사람, 내가 단칸방의 협소함과 네 가구의 셋집이 공동으로 사용하는 화장실의 협소함에 대한 모든 죄를 돌렸던 사람, 히틀러 청소년단 단도로 찔러 죽이고 싶었고 거듭해서 머릿속으로 찔러 죽였던 사람, 감정을 수프로 변형할 수 있었고 누군가가 그 능력을 본받았던 사람, 내가 단 한 번도 상냥하게 대하지 않았고 너무나 자주 다투기만 했던 사람, 나의 아버지, 생의

쾌락을 추구하고 걱정이 없으며, 쉽사리 잘못된 유혹에 빠지고, 언제나 자제심과 자신의 말대로 '아주 세심하고 아름다운 필적'을 얻기 위해 애썼던 남자, 나를 자신의 방식대로 사랑했던 사람, 타고난 남편으로서 아내에게 빌리라고 불렸던 그 남자……

또다시 징집영장을 받은 아들을 떠나보내는 사십 대의 아버지는 그렇게 지독하게 원망스러운 사람이었다. 그리고 종전이 되고 늙어버린 아버지를 다시 바라보는 작가의 시선은 놀랄 만큼 변해 있다.

그런데 이 노쇠하고 왜소한 남자가 내 아버지였던가? 언제나 자신감 있고 당당하게 처신하려 애썼던 그 남자가 맞단 말인가?……
(갈탄 노천 광장에서 수위실 보조로 일하던 아버지는) 자부심도 없지 않았고, 자식을 배려하는 따뜻한 마음도 있었다. 하지만 아들이 품고 있는 허황된 꿈에 대해서는 전혀 아는 바가 없었다. 그의 연갈색 눈은 깜박이지도 않았다.

시대를 불문하고 많은 책 속에서 만나게 되는 아버지와의 갈등에는 대체로 애증이 묻어난다. 조각가가 되고 싶었던 아들의 꿈을 배고픈 예술로만 바라보았던 아버지는 여전히 용서하기 어려운 적군이자 미워할 수 없는 아군이었다. 그러나 어머니는 조금 달랐다.

나를 위해 당신도 아직 읽지 않은 책들을 가지런히 꽂아 두었던 어머니, (…) 나를 위해 달걀 노른자에다가 설탕을 넣어 휘저어 주던 어머니, 내가 비누를 깨물 때면 웃곤 하던 어머니, 동양 담배를 피우면서 가끔씩 담배 연기로 작은 동그라미를 만들곤 하던 어머니, 일요일에 태어난 당신의 아이를 믿어 주었던 어머니, 당신의 아들에게 모든 것을 베풀었으며 아들로부터 얻은 것은 적었던 어머니, 내 기쁨의 계곡이자 고통의 골짜기였던 어머니, 이전에 내가 글을 썼을 때도 어깨 너머로 쳐다보며 "그 부분은 빼 버려라. 마음에 안 들어." 하고 말하는 어머니, 고통 속에서 나를 낳고 고통 속에서 임종을 맞으면서도 마음껏 쓰고 또 쓰라고 나를 자유롭게 놓아주었던 어머니, 이제 흰 종이 위에서나마 키스를 해 눈을 뜨게 해 드리고 싶은 어머니……

그런 어머니를 떠나보내고 나중에서야, 아주 한참 후에야 울었다는 작가의 고백 한 껍질을 벗기고 나면, 우리의 시야를 흐리게 만드는 아련한 기억 한 조각이 함께 매운 속껍질을 드러낸다. 작가의 회상은 다른 회상들에 의존하여 재차 회상을 불러오고, 독자의 회상까지 양파 껍질처럼 벗겨내는 특성이 있으므로. 작가의 말처럼 모든 것은 이야기 소재가 된다. 그리고 미가공 상태의 삶은 여러 차례 교정을 거치고 인쇄되면서 안정적인 텍스트로 변형된다. 무심히 쌓여있는 묘석들을 반들반들하게 다듬어 새로운 생명을 부여

하듯이 죽음은 삶으로 통하고 살아있는 이야기로 남는다.

　이야기가 진행되는 동안 책 속 주인공이 노벨상 작가가 될 거라는 조짐은 좀처럼 쉽게 드러나지 않는다. 이는 작가가 조각을 배울 때 깨달았던 것처럼, 조각품들의 점토 표면은 가능한 한 오랫동안 원래 상태로 거칠게 유지되어야 하는 것과 같은 이치일는지도 모른다. 표면이 너무 일찍 매끄러워지면 눈이 현혹되고 그렇게 되면 겉보기에만 완성된 것처럼 보이기 때문이다. 그래서 일찍이 작가의 인생은 충분히 다양하고 거칠기만 할 뿐, 본인의 예술적 재능이나 성취에 대해서는 웬만해서 쉽게 입을 열지 않는다. 그리고 아무렇지 않은 듯, 작가는 그런 오랜 뜸들임의 기법을 글쓰기에 적용하면서 텍스트를 항상 거친 상태로 유지하고 있었다. 단지 이 버전 저 버전으로 유동적으로 흘러가게 했다고 고백할 뿐이다.

　삶을 담은 이야기에는 늘 회상의 불완전함이 도사리고 있다. 하지만 그로 인해 은유가 생명을 얻게 된다. 귄터 그라스는 말한다.

　양파 껍질을 벗기면서, 즉 글을 쓰는 동안에, 껍질 하나하나, 문장 하나하나가 좀 더 분명해지고 의미가 통하게 됩니다. 그렇게 되면 사라진 것들이 생생하게 다시 모습을 드러내는 법이지요.

　작가의 삶의 이야기는 언론에서 주목했던 것만큼 강렬하지도, 대가다운 글쓰기에 무릎을 칠 만큼 기발하지도 않다. 그저 양파 껍질을 벗기면서 때때로 매운 냄새에 눈이 매워 오다가, 어느 순간부터 그 매운 향에 무덤덤해지기도 하다가, 인생은 아직도 수많은 껍질을 품은 채 그것이 벗겨지기를 기다리고 있다는 사실을 깨닫게 될 뿐이다. 작가에게 있어 인생이 끊임없이 벗겨내는 양파 껍질과도 같다는 표현은 더할 나위 없이 세련된 은유였다.

내 삶을 이름 지을 은유가 필요하다. 양파처럼 때론 알싸하고 달큰한 향을 낼 수도 있고, 얇은 껍질들 사이에 숨은 감동으로 눈물이 솟거나, 더 매끈한 속껍질을 만나기 위해 정교하게 매만져 주어야 하는 삶의 이름이 필요하다. 아니 양파가 필요하다.

-『양파 껍질을 벗기며』(민음사, 2015)에 대한 단상

1. 내가 알고 있는, 혹은 가장 좋아하는 노벨상 작가를 떠올려 보고, 기억에 남아 있는 그의 작품에 대해 말해 보자.

2. 영화 〈양철북〉을 감상해 보고, 극 중 소년과 귄터 그라스의 공통점이라고 생각되는 부분을 찾아보자.

3. 귄터 그라스는 인생을 양파에 비유합니다. 나의 인생을 비유할 수 있는 사물을 생각해 보고 그 이유를 이야기해 보자.

톰 소여를 다시 만나다

왕관을 잃어버린 것은 왕에게는 엄청난 일이지만 아이에게는 전
혀 중요하지 않은 일이다. 장난감을 잃어버린 것은 아이에게는 커
다란 일이지만 왕의 눈으로 보자면 전혀 상심할 일이 아니다.
– 마크 트웨인

마크 트웨인의 자서전을 펼치기 전에 톰 소여를 만날 생각에
설레게 되는 것은 흔한 독자의 모습일 것이다. 정말 그랬다. 그의
자서전 안에는 톰 소여가 있었다. 근엄한 사랑으로 키워 준 폴리
이모 같은 어머니가 있고, 시드 못지않게 얄미운 동생도 있었다.
그가 장난치기에 적격이었던 주변 사람들도, 지독하게 증오하던
악당 같은 동료들도.

거기까지였다면 자서전으로 굳이 다시 시작되지 않았을지도 모
른다. 자서전 안에는 그의 작품 속으로 들어갈 준비를 마친 듯한
다양한 인물들이 수다스럽게 늘어서 있다. 작가에 대한, 그 주변의

삶에 대한 너무나 자세한 이야기들이 끝나지 않은 소설의 장면 장면의 언저리에서 주춤거리고 있다. 그리고 엉뚱하고 장난꾸러기 같은 소년 톰과는 잘 어울리지 않을 만큼, 애틋하고 사랑스러운 아내와 딸 클라라, 그리고 진은 그의 인생이 수면으로 떠올라 쉽게 휩쓸리지 않도록 물 밑에서 단단히 중심을 잡아주고 있다.

자서전에서 톰 소여의 남은 이야기를 기대했던 독자라면 조금은 실망스러울지도 모르겠다. 책 속에서 작가는 생각했던 것보다 고집스럽고 까탈스럽고 이기적이다. 그게 바로 어른이 된 톰 소여 일는지도 모른다. 살아있는 동안의 모든 기록은 자서전이 된다던 작가의 말처럼 그의 기록은 때로 삶의 모든 것을 담으려 하는 것처럼 보이기도 한다. 그러나 우리의 삶을 기억하게 하는 것은 모든 것에서 오지 않는다. 아무것도 아닌 것에서 온다. 그가 자서전 한구석에서 아무렇지 않게 투덜거리는 몇 마디 말이 자꾸 머리에서 떠나지 않는 것처럼.

노력과 실수에 대해서

수천 명의 천재들이 스스로에게든 다른 사람에게든 천재성이 알려지지 않은 채 죽어가는 상황을 한탄하며 작가는 이런 비유를 든다.

항상 가까이에서 성 베드로 성당을 보아 왔고 한 번도 밖으로 나가 본 적이 없는 사람에게는 베드로 성당의 크기가 그다지 인상적일 수 없다. 로마 평야 저 멀리서부터 다가와서 로마를 희미하고 특징 없는 물체쯤으로 보았던 이방인의 눈에만 장엄하게 홀로 우뚝 솟아 있는 위대한 성당이 시야에 들어오는 것이다.

자신의 노력과 재주를 쉽게 인정해 주지 않는 세상에 대한 자조적인 원망이기도 하다. 누구보다 많이 노력하고 많이 실수하고 그러면서 실력을 다져간 작가였으므로.

작가는 한동안 호움즈 박사의 시선집에 푹 빠져 나달나달해질 때까지 읽은 적이 있었다. 읽은 내용을 기억하려는 의도 없이 단지 즐기기 위한 목적이었으므로, 시간이 흐르면서 그 내용은 자신의 행복한 상상력의 산물쯤으로 자연스럽게 착각하기에 이르렀다. 그리고 호움즈의 헌정사를 도용한 불명예스러운 작가로 몰리게 되었다. 이 사건을 두고 호움즈가 작가에게 남겨 준 넉넉한 말들은 작가에게도 자서전의 독자들에게도 깊은 공감을 던져준다.

의식하지 못한 상태에서 발생한 표절은 죄가 아니고, 자신 또한 그런 실수를 매일 범하고 있고, 지구상의 모든 사람이 글을 쓰고 말하면서 그런 실수를 매일 그것도 한두 번이 아니라 입을 열 때마다 범하고 있다고 했다. 또한 우리가 갖고 있는 표현이라는 것은 독서를 통해서 다양하게 형성된 정신적 그림자이기 때문에 완전히 독창적인 표현이란 있을 수 없다고 했다. 아울러 우리의 기질, 특성, 환경, 우리가 받는 교육 등을 통해 발생하는 약간의 변화를 제외하고는 우리 자신만의 표현이란 있을 수 없는데 그 약간의 변화로 자신과 다른 사람이 구별되기 때문에 그것을 자신만의 특별한 스타일로 규정짓고 있다는 것이다.

독서를 통한 지극한 노력이 불러온 참사 중의 하나였다.
작가는 한때 디킨스를 부러워한 적이 있었다. 당시 디킨스는 낭독회를 처음 도입하여 대스타가 되어 있었다. 시샘 많은 작가가 그냥 지나칠 리 없었고 낭독회를 열었다. 그런데 단지 연단에서 책을 읽으면 될 것이라는 생각은 보기 좋게 빗나가고 말았다. 그리고 우리에겐 이런 깨달음을 남겨주었다.

글로 적힌 것은 말로 표현하기 위한 것이 아니다. 형태가 문학적이고, 경직되어 있고 고정되어 있다. 교훈을 줄 목적이 아니라 즐거움을 줄 목적으로 사용되는 말로는 적절하고 효과적으로 옮겨지지 않는다. 글을 유연하게 만들고, 작은 단위로 쪼개고, 구어체로 만들고, 즉흥적인 형태의 보통 말로 바꾸어야 한다. 그렇지 않으면 청중들은 전혀 재미를 느끼지 못하고 따분해한다.

낭독회에서 오히려 책이 더 방해가 된다는 작가의 표현은 쓰디 쓰다. 굳이 낭독이 아니더라도 모든 말하기는 그리고 모든 글쓰기는 쉽지 않다. 새롭지 않으면 의미가 없다. 언어가 가진 유연성을 외면했던 작가의 실수는 독자들에게 남겨진 노력이 무엇인지를 알려준다.

글쓰기에 대해서

톰 소여의 작가는 생각보다 많은 유형의 글쓰기를 시도하고 있다. 먼저, 작가가 스스로 인생의 많은 부분을 빼곡하게 담아내는 자서전을 쓰고자 하는 데에서부터 비범한 이유가 있었다.

25년 동안 나는 지속적으로 성실하게 인류에 대한 연구에 헌신했다. 다시 말해서 나 자신의 연구에 헌신했는데 내 개인 안에 온 인류가 집약되어 있기 때문이다. (…) 다른 사람과의 접촉을 통해 보더라도 내가 가지지 않은 자질을 가진 사람은 한 명도 없었다. 다른 사람과 나 사이의 작은 차이점으로 다양성이 생기고 단조로움에서 벗어날 수 있지만 그것뿐이다. 넓은 의미에서 인간은 모두 유사하다. 그러므로 나 자신을 주의 깊게 관찰하고 다른 사람과 비교해서 그 차이점에 주목함으로써 다른 이들이 획득하고 알아낸 것보다 더 정확하고 포괄적으로 인류에 대한 지식을 습득할 수 있다.

그런 그가 자신의 형에게 자서전을 써 보라고 권하는 대목에서는 사뭇 자서전 작가다운 권위가 느껴진다.

모든 일을 사실 그대로 쓰되 자신을 부각시키기 위해서 스스로를 과시하거나 자신에게 흥미 있는 사건만을 자랑스럽게 쓰는 일이 없도록 하라고 했고, 수치스러워서 기억에서 태워버리고 싶은 사건도 포함시키라고 했다. 여태껏 이러한 작품이 출판된 적이 없었기 때문에 이런 식으로 자서전을 쓰기만 한다면 매우 귀중한 문학작품이 될 것이라고도 했다.

자서전을 쓰는 사람이 진심으로 성공하기를 바라서 한 말이지만, 누구라도 한 번쯤 자서전 쓰기를 시도해 본 사람이라면 불가능한 일인 것도 금세 알 수 있다. 작가 자신마저도 '그 모든 사건들을 자서전에 넣을 수 있다 하더라도 교정을 하는 과정에서 반드시 삭제할 것'이라는 대목만 보더라도 그것은 예고된 실패일 수밖에 없다.

이 자서전을 내가 무덤에 묻힌 후에 발간하려는 이유는 가장 유쾌한 부분을 틀어막는 일 없이 내 안에 있는 모든 것을 쏟아놓는 만족감을 얻고 싶기 때문이다. 내가 죽은 후에 알려질 이야기를 한다면 나는 대부분의 역사사보다 더 솔직할 수 있다. 역사가들은 아무리 노력을 하더라도 자신이 죽었다고 느낄 수 없지만 나는 느낄 수 있기 때문이다. (…) 내가 무덤에서 말을 하게 될 때 말을 하는 것은 영혼이 아니다. 그것은 무이다. 공허이다. 느낌도 아니고 의식도 아니다. 무엇을 말하는지조차 모른다. 그것이 말인지조차 의식하지 못한다. 그런 까닭에 있는 그대로 자유롭게 말할 수 있는 것이다. 그 말이 고통을 낳고, 불편을 초래하고, 어떤 형태로든 죄를 짓는다는 것을 알지 못하기 때문이다.

마크 트웨인의 자서전은 삶으로부터 자유로운 글쓰기를 지향하고 있다. 무덤에서도 쉴 새 없이 말하고 있을 작가에게서 슬럼프를 떠올리기는 쉽지 않다. 그런데 작가에게도 『톰 소여의 모험』과 『왕자와 거지』를 쓸 때 이야기가 갑자기 멈추어버리고 더 이상 앞으로 나아가기를 거부했던 적이 있었다. 누구나 글을 쓰다 보면 부딪히게 되는 익숙한 고난이다. 분명 이야기는 아직 끝나지 않았는데 왜 작업을 지속할 수 없는지 도무지 이유를 알 수 없을 때, 발견한 중요한 방법은 원고를 작업실 한쪽 귀퉁이에 2~3년쯤 방치에 두는 것이었다. 작가는 그런 상태를 '탱크가 고갈되었다'고 표현하고 있다. 그런데 단지 내버려두는 것만으로도 그 탱크는 다시 차오를 수 있다. 심지어는 다른 작업을 하는 동안에도 아무런 수고도 없이 차올라 있어서 남은 글을 쓸 수 있게 된다. 물론 몇 년 동안 방치해두어도 집필을 이어갈 수 없는 경우도 있다. 그런 실패마저도 인정할 줄 알아야 작가가 될 수 있다.

작가다운 아버지, 아버지다운 작가에 대해서

까탈스러운 작가에게도 아이들의 존재는 아무 조건 없는 사랑
이었다. 딸 수지가 7살 때 커다란 재앙과 작은 재앙을 구별하는
방법에 대해 고민하는 것을 보며 작가는 다음과 같이 쓰고 있다.

불행의 정도와 크기는 외부 사람이 측정할 수 있는 것이 아니라 불행
에 영향을 받는 사람에 의해 측정되는 것이기 때문이다. 왕관을 잃어
버린 것은 왕에게는 엄청난 일이지만 아이에게는 전혀 중요하지 않
은 일이다. 장난감을 잃어버린 것은 아이에게는 커다란 일이지만 왕
의 눈으로 보자면 전혀 상심할 일이 아니다.

아이의 눈높이에서 고민을 이해하려고 하는 아버지는 동화를
쓸 자격이 있는 작가임에 틀림없다. 아이의 사소한 고민에서 중요
한 깨달음을 끌어내는 아버지도 천생 작가임에 분명하다. 이따금
씩 아이들은 작가에게 즉흥적으로 이야기를 지어달라고 조르곤 했
는데, 집안에 진열된 자질구레한 장식품들이 재료가 되곤 했다. 그
러면서도 늘 독창적이고 신선한 이야기로 아이들을 만족시키곤 하
였던 것은 그가 감각 있는 작가다운 아버지였기 때문일까, 아이들

을 실망시키지 않는 아버지다운 작가였기 때문일까?

자서전의 마지막 대목을 어떻게 마무리할 것인가에 대한 문제는 모든 자서전 작가들이 지닌 고민일 것이다. 지나치지 않게, 인상적으로, 그리고 가능하다면 감동적으로… 그런 바람들은 여러 자서전의 말미에서 시도되는 개성적인 문체에 기인한다. 노인이된 톰 소여는 사랑하는 딸 진의 죽음을 기록하는 것으로 자서전을 마무리하고 있다. 자신의 죽음이 멀지 않았음을 축복처럼 받아들이고 있다. 그가 오랫동안 공들이던 자서전을 이제 마음 놓고 내놓을 수 있게 된 것을 내심 반기고 있는지도 모른다. 진의 죽음에대해 이야기하는 마지막 대목은 자서전의 전체를 통해 보더라도가장 가슴 저린 장면이다. 진에 대해 긴 사연을 늘어놓아서 슬픈것이 아니다. 그저 진이 어질러놓은 방의 모습이 어떠하고, 진을따르던 개가 어찌 행동하고, 진의 장례식에 어떤 곡이 연주될 거라는 등의 일상적이고 지극히 무심한 표현들이 오히려 독자를 숙연하게 만든다.

손에 펜을 쥐고 있으면 운하처럼 이야기가 흘러나온다던 작가는 이 자서전의 마무리에 여전히 흡족해하고 있을까. 그의 말처럼자서전은 결국 미완성으로 남았지만, 자서전을 쓰면서 스스로 즐길 줄 알았다. 책을 읽는 내내 풍자와 유머의 작가 마크 트웨인은얼굴을 자주 내보이지 않는다. 페인 판 자서전과 드보토 판 자서전을 거쳐 완성된 찰스 네이더 판 자서전을 통해 마크 트웨인의 삶을

제1장 작가의 자서전은 다르다

그나마 정돈된 상태로 만나게 된 것은 독자 입장에서는 다행한 일이다. 소설 같은 자서전을 꿈꾸면서 너무도 많은 이야기를 담아내고자 했던 작가의 욕심은 이미 충분히 들키고도 남을 만큼 보여졌고 독자를 숨 가쁘게 하기에 충분했기 때문이다.

-『마크 트웨인 자서전』(고즈윈, 2005)이 기억하게 하는 것들

1. 호움즈 박사가 표절에 관련해서 마크 트웨인에게 해 준 말을 찾아보고, 표절에 대한 나의 경험과 생각을 이야기해 보자.

2. 글을 쓰다가 더 이상 진전되지 않을 때 나는 어떤 방법을 사용하는지 이야기해 보자.

3. 마크 트웨인이 자신의 책 낭독회에서 깨닫게 된 점에 착안하여, 나는 말이나 글로 표현할 때 어떤 차이점을 느꼈는지 경험을 이야기해 보자.

말괄량이 삐삐를 이해하는 법

어렸을 때는 정말 행복했지만 이 시기에는 어른이 된다는 게 슬프고
피곤하게만 느껴졌어요. 몹시 불안했어요. 내가 너무 못생겨서 어느
누구도 나와 사랑에 빠지지 않을 거라고 굳게 믿었으니까요. 그래서
더욱 슬퍼졌고, 이 사실은 뼈저린 고통이 되었어요. 책을 읽는 것만
이 유일한 위안이었죠. 손에 넣을 수 있는 것은 닥치는 대로 읽었고,
이 습관은 평생 유지되었어요. - 아스트리드 린드그렌

아스트리드 린드그렌, 그녀의 말처럼 나의 이런 짧은 생각과 느
낌을 담는 작업이 대가의 영혼에 방해가 되지 않기를…

이 책은 지금까지 공개되지 않았던 아스트리드의 편지와 일기,
사진 등을 토대로 써 내린 성실한 평전이다. 아스트리드가 직접
쓴 글이라고 자꾸만 헷갈리게 되는 것도 그런 이유에서일 것이다.
아스트리드의 글에는 떠돌이, 가난뱅이에 대한 위로가 들어있다.
어린 시절 가장 작고도 안전한 세상이었던 네스에는 땅거미가 질

무렵, 문가로 와 우유와 빵을 구걸하던 떠돌이들이 있었다. 그들은 두려움의 대상이기도 호기심의 대상이기도 하였다. 그런 먼 기억에서부터 불러오는 심장의 두근거림은 오래된 글쓰기를 시작하기에 제격이다. 그리고 그 두근거림을 꽤 오랫동안 간직하고 살았던 작가에 대한 부러움 섞인 동경을 품게 한다.

다섯 살 아스트리드에게 동화를 들려주어 그 떨리는 세계에 발을 들이게 해 준 이는 하인의 딸 에디트였다. 그 순간의 책 읽기가 그녀의 삶에 '문화'를 가져다주었기 때문이다. 작가의 말처럼 동물에서 인간으로. 책 읽기는 삶에 문화를 가져온다.

어른이 된 아스트리드는 그 시절을 돌이켜보며 이렇게 고백한다.

"난 아직까지도 한여름 저녁이면 보리밭에서 보리들이 서로 몸을 비벼 대며 내는 소리를 들을 수 있고, 봄날 밤이면 부엉이 나무에서 우는 작고 귀여운 올빼미 울음소리를 들을 수 있다. 귀가 떨어져 나갈 것 같은 추위에 눈 속을 뚫고 따뜻한 외양간으로 들어설 때의 기분이 어떤지 여전히 느낄 수 있고, 송아지 혀가 손바닥을 핥는 느낌은 어떤지, 토끼한테서 무슨 냄새가 나고 마차를 두는 헛간에선 어떤 향기가 나는지, 또 쉿쉿 하며 우유가 양동이로 떨어질 때 어떤 소리를 내는지 잘 알고 있다. 방금 알에서 깨어난 병아리의 조그마한 발톱이 손바닥에서 어떤 느낌을 내는지도 변함없이 생생히 기억할 수 있다."

작가의 스스럼없는 고백이 하도 자랑스럽게 느껴져 독자는 심지어 어깨가 살짝 움츠러들 지경이다. 그렇게 아주 오래전부터 티 없이 맑고 수다스러운 삐삐는 만들어지기 시작했었던 것 같다. 그래서 동물과 대화하고 자연과 친구가 되는 아이 삐삐는 어른들의 이기심과 폭력에 당당하게 반항하고 어른들의 부끄러운 입을 막아버리는 슈퍼맨으로 자랐다. 물론 작가 아스트리드의 생애와는 상관없이.

그러다 보면 아무래도 엄마가 된 삐삐, 모성과 책임에 힘들어하는 삐삐는 상상하기 어렵다. 아니 상상하고 싶진 않다. 삐삐가 유행하던 당시, 젊은이들의 신호 위반은 삐삐롱스타킹 탓이라는 말이 있을 만큼 그 영향력은 강력했다. 삐삐는 힘을 사용하지 않는 일종의 권력을 상징했다.

"어떤 메시지를 설득력 있게 전달하기 위해서는 검은 색 이야기는 더욱 까맣게 칠하고 흰색은 눈처럼 더 하얗게 칠해야 한다."

그녀는 여섯 살짜리가 이해하도록 말하는 법을 잘 알고 있었다. 그 핵심에는 선과 악은 반드시 분명해야 한다는 생각이 자리하고 있었다. 그녀의 책이 몇몇 아이들에게라도 평생 악에 대한 증오심을 잃지 않게 만드는 예방접종이 되기를 바랐다. 그리고 좋은 결말이나 해피엔딩으로 아이들이 위로받기를 바랐다. 동화의 정석이다. 이런 아이들에 대한 배려는 작가가 독일 사람들의 아픔을 섬세하게 어루만져주는 일에도 단단히 한몫을 하도록 만든다. 어린 소년에게는 버거운 환상 여행에서 주인공 미오는 어둠의 기사와 싸우고 그리운 아빠를 만난다. 패전의 고통을 극복해야 하고, 어떤 식으로든 죄과에 대한 책임을 져야 했으며, 실종된 수많은 아버지들에게 애도를 표해야 했던 독일에서 이 책을(미오, 나의 미오) 열렬히 반긴 것은 놀랄만한 일이 아니었다.

젊은 시절 아스트리드는 국가기밀 정보기관에서 편지를 검열하는 일을 맡은 적이 있었다.

"신문기사로만 전쟁을 접하면, 전쟁에서 일어나는 일들을 실제로 믿지 못한다. 그러나 편지를 읽게 되면, 룩셈부르크가 점령되면서 '자크의 두 아이가 살해당했다'는 사실이 갑자기 끔찍한 현실로 다가온다."

편지 한 통에 들어있는 누군가의 삶이 충격적인 신문기사 몇 편보다 강력할 수 있다는 것은 경험해 본 사람만이 알 수 있는 특권이다. 편지가 신문기사보다 힘이 세다는 것을 알게 된 그녀가 선택한 것은 가장 힘이 약해 보이는 장르, '동화'였을까? 아스트리드는 전쟁 동안 스물두 권의 일기를 남기면서, 한편으로는 자신이 안전한 세계 속에 살아간다는 사실에 감사하면서, 다른 한편으로 편하게 지내는 것에 대한 죄책감을 가지고 있었다. 그녀는 지극히 이성주의자였지만 동심을 지닌 평화주의자였다.

"글을 쓰고 있으면 모든 걱정이 사라졌어요."

어린 시절, 혼자 아이를 낳고 키우며 상처도 함께 키웠던 아스트리드에게 글쓰기는 일종의 치유 과정이었다. 지독하게 강한 이성으로 자신을 제어하면서 동시에 자신을 감추는 법에 익숙했던 그녀는 독자에게 강한 신뢰감을 주는 데에도 성공했다. 그녀의 인터뷰가 기자들이 하는 판에 박힌 질문에 대하여 늘 똑같은 대답으로 일관하고 있었지만 왠지 미더웠다. 그녀가 스스로에 대해 설명하면 설명할수록 그녀를 이해할 여지는 점점 줄어들었지만 그녀에 대한 신뢰는 변하지 않았다.

아스트리드는 일찍이 무슨 일이 있어도 작가가 되지는 않겠다고 다짐했었다. 우리 삶이 그렇다. 그것만은 하지 않겠다고 마음을 다지고 또 다져두지만, 어느 순간엔가 그 자리에 서 있는 것을 깨닫고 헛웃음을 웃게 된다. 그래도 아스트리드 린드그렌은 참 부러운 작가다. 샘 솟듯 솟아나는 생각들을 도저히 그 속도에 맞추어 종이에 옮겨 적을 수 없을 정도였다던 그녀가 부러울 뿐이다. 노년에는 자신이 지은 이야기들을 들으며 꽤 괜찮게 썼다고 평가하는 그 여유가 아주 많이 부럽다.

– 『아스트리드 린드그렌』(여유당, 2017)에서 삐삐가 보내는 위로

1. 삐삐가 유행하던 당시, 젊은이들의 신호 위반은 삐삐롱스타킹 탓이라는 말은 무엇을 의미하는지 생각해 보자.

2. 아스트리드가 편지 한 통이 여러 편의 신문기사보다도 강력할 수 있다고 믿게 된 이유는 무엇인가?

3. 아스트리드의 평전과 비교하며 영화 〈Becoming Astrid, 2021〉를 감상하고, 영화에서 담아내지 못해 아쉬운 점이 있다면 이야기해 보자.

애거서 크리스티가 일깨워 준
작은 진실들

〈빨간 모자 아가씨〉 이야기에서 늑대를 빼 버린다면 어느 아이가
좋다고 하겠는가? 하지만 삶의 대부분의 경우에 그러하듯이 우리는
약간의, 지나치지 않을 만큼의 공포를 원한다. – 애거서 크리스티

애거서 크리스티의 자서전을 읽는 일은 그녀의 추리소설 같은
인생을 만나게 되리라는 큰 착각과 함께 시작되었다. 그리고 그녀
의 자서전 안에서 '오리엔트 특급살인'의 한 장면을 떠올리게 될지
도 모른다는 한 조각의 기대는 어이없이 무너지고 있었다. 애거서
는 긴 여행기 속에 자잘한 에피소드를 다루듯 자신의 일상을 순하
게 읽어내리고 있기 때문이다. 결혼도, 이혼도, 재혼도. 다만 그녀
가 들려주는 순한 이야기들 속에 독자의 공감 세포를 깨우는 작은
진실들이 숨어 있다. 애거서의 말처럼 그녀의 자서전은 누군가의
일생을 거창하게 연구한 책이 아니라, '아무 데고 손을 푹 담가 한

움큼 건져 올린 기억들'이 삶의 진실들을 말해주고 있을 뿐이었다.

　　첫 번째 진실: 아이에게 세계는 단순히 자기 자신에게 일어나고 있는
　　일만으로 구성된다. 그 세계에는 또한 그 안에 살고 있는 사람들도
　　포함되어 있다. 그들이 누구를 좋아하고, 무엇 때문에 행복해하고,
　　무엇 때문에 불행해하는가가 바로 세계이다.

　　애거서에게는 또래 친구가 없었고, 다람쥐, 나무, 고양이 가족들
과 놀았듯이 상상 친구들을 만들며 놀았다. 심지어 학교와 친구들
까지도 상상으로 만들어냈다. 그녀가 자란 애슈필드는 책에 담긴
표현만으로는 그 동화적 가치를 충분히 설명해내지 못할 듯싶다.
애슈필드는 그녀의 고향이며 상상력의 원천이었다. 그녀의 온 세계
였다. 어린 시절 그 세계에서 받은 사랑으로 아이는 또 다른 세계를
만드는 어른으로 자란다. 대부분 어린 시절의 시간들은 잊혀진다.
하지만 그 공간만은 과거의 소소한 시간들까지 모두 기억하는 특성
이 있다. 그래서 우리에게 특별한 공간이 생기는 순간부터 우리에
게는 특별한 시간이, 사건이, 사람들이 생겨나는 것인지도 모른다.

　　두 번째 진실: 기껏해야 이류밖에 될 수 없음을 잘 알면서도 너무나
　　하고 싶어 끝까지 노력하는 것만큼 인생에서 영혼을 파괴하는 일은
　　없다.

애거서는 아무리 원하는 일이라도 이룰 수 없다면 현실로 받아들이고, 더 이상 후회와 희망에 사로잡히지 말고 앞으로 나아가야 한다고 말한다. 그래서 피아노도 그림도, 간호사도 약사도 그녀의 인생에서 일류로 자랄 수 없음을 깨닫는 순간 미련 없이 빨리 비껴갈 수 있었다. 쉽지는 않다. 시간이 흐르는 동안 사람들은 무슨 일에든 익숙해지기 마련이라서 어느 정도 익숙해지면 재능에 대한 자만을 가지게 되기 때문이다. 하지만 익숙함과 능숙함은 엄격히 다르다. 그리고 그것을 정확하게 판단하고 선택할 줄 아는 것은 용기이고 지혜이다. 먼 안목으로 보면 행운이다.

세 번째 진실: 여자는 직업과 결혼하는 것이 아니라 남자와 결혼한다.

열둘 열세 살 무렵부터, 애거서는 사랑에 빠지는 능력이 출중하긴 했지만, 그것은 반드시 현실적으로 불가능한 사랑이어야 했다고 회고한다. 그것은 세상에 드물다고 이야기할 만큼 행복한 결혼 생활을 영위했던 부모님을 보고 자라온 소녀에게 어울리는, 보다 낭만적인 감성일지도 모른다. 하지만 결혼은 달랐다. 첫 남편이었던 아치에게서나 생의 마지막을 함께 한 맥스에게서나 비장한 연애 사건을 찾아보기는 어렵다. 그녀에게 결혼은 수많은, 가능한 사랑 중에 하나였다. 다만 사랑하게 된 남자의 직업이 결혼에 장애가 될 수 없다는 것이 그녀의 지론으로 남은듯하다.

네 번째 진실: 부모는 아이가 세상으로 나가는 문이다. 그저 한동안만 아이의 보호자 노릇을 할 뿐인 것이다. 그 후에 아이는 부모를 떠나 자유로운 삶을 활짝 꽃피운다. 그리고 부모는 자식의 그런 삶을 지켜본다. 낯선 식물을 집으로 가져와 심고는 어서 자라기를 기다리는 마음과 같은 것이다.

애거서의 어린 시절이 자유로운 상상으로 가득 차 있었던 것처럼 그녀는 세상에 나와서도 자신의 상상을 펼치는 데에 거리낌이 없었다. 아이를 낯선 식물에 비유한 애거서의 표현은 남다르지만 살아있다. 그녀의 자유로운 영혼을 꼭 닮은 딸, 로잘린드는 낯선 식물처럼 생겨나 그녀의 노년을 지키는 든든한 나무가 되었다. 아이의 모습이 익숙해지고 몸집이 커지고 성숙해지면, 부모는 나이가 들고 다시 아이에게 익숙한 식물처럼 곁에 남는다. 아이를 키우면서 어서 자라기를 바라는 마음보다 더 큰 마음이 있을까. 애거서는 여자로서는 쉽게 친해질 수 없을 것 같은 느낌이 들지만, 어머니라는 입장에서 보면 인간적으로 다가오는 면도 있다.

다섯 번째 진실: 사람은 누구나 자신을 표현하는 각자의 방법이 있다.

애거서는 써 보기 전에는 쓸 수 있는지 없는지 알 수 없다고 말한다. 사실 그렇다. 자신이 표현하는 방법이 맞는지 적절하지 않은지는 써 보고 고쳐 보고 또 써 보아야 알 수 있다. 그래서 애거서는 남의 작품을 함부로 비평하는 것에 지극히 조심했다. 누군가를 쉽게 비평하는 것이 쉽게 해를 끼칠 수 있다고 믿었기 때문이다. 누구나 각자 글을 쓰는 방법이 있고, 그 방법은 충분히 다를 수 있다. 그리고 모두가 작가가 되어야 할 필요도 없다. 기를 쓰고 밤새워 써도 아무도 움직일 수 없는 글을 쓴다면 다른 방법을 찾아보아야 한다.

여섯 번째 진실: 나는 늘 희망을 품는 사람이다.

애거서는 늘 희망적으로 글을 쓰는 사람이었다. 뭐든 도전해 보는 데에 주춤거리지 않았고, 늘 무엇을 보거나 들을 수 있는 '적절한 때'를 놓치는 실수를 하지 않도록 조심했다. 생각해 보고 싶고, 공부해 보고 싶고, 읽어 보고 싶은 것들을 마음껏 하며 지냈고, 전시회와 음악회와 오페라를 보러 다녔다. 그리고 그녀의 인생처럼 거침없이 추리소설을 써나갔다. 그래서 일흔다섯의 나이에도 여전히 꿈꾸며 어느 때보다도 강렬하게 인생에 대해 감사함을 느꼈다. 늘 희망을 품고 산다는 것은 어떤 의미에서 보면 긴장되고 피곤한 삶을 만들 수 있다. 그러나 희망을 품고 산다는 것은 깨어있게 하고 감사하며 살게 하는 중요한 덕목이 된다.

두려움, 그리고 프로의 글쓰기

자서전에 담긴 내용만으로 애거서 크리스티가 지닌 탁월한 추리소설 작가로서의 감각이나 천재성 같은 것을 짐작하기는 어렵다. 다만 뛰어난 상상력 때문에 세상사를 평범하거나 단조로운 모습 그대로 보지 못했다는 부분에서 어머니로부터 비롯된 자질이 아니었을까 짐작해 볼 뿐이다. 또 〈빨간 모자 아가씨〉에 대한 애거서의 생각에서 추리소설에 대하여 가지고 있는 신념 같은 것을 엿볼 수 있을 뿐이다.

〈빨간 모자 아가씨〉 이야기에서 늑대를 빼 버린다면 어느 아이가 좋다고 하겠는가? 하지만 삶의 대부분의 경우에 그러하듯이 우리는 약간의, 지나치지 않을 만큼의 공포를 원한다.

창작을 하면서도 전혀 기쁨을 느낄 수 없을 때,
어떻게 이야기를 진행해야 하는지는 잘 알고 있지만 마음의 눈으로 그 광경을 그릴 수 없고 인물들이 생생하게 살아나지 않을 때, 쓰고 싶지 않고, 잘 써지지 않음에도 계속 글을 써야 할 때, 애거서는 이런 장면들이 바로 아마추어에서 프로로 변하는 순간이라고 말한다. 그때가 바로 애거서가 추리작가로서의 또 다른 두려움을 이겨내는 순간이었을 것이다.

애거서 크리스티에게 자서전은

책의 이곳저곳에서 애거서의 재치 있는 언어들로 인하여 정신 나간 사람처럼 실소하게 되는 경우가 적지 않았다. 애거서에게는 따뜻하고 오밀조밀한 드라마 작가가 더 어울리지 않았을까 하는 상상도 해 보게 된다. 여하튼 애거서는 창작의 가장 환상적인 순간에는 큰 파도가 단번에 해변까지 실어다 주는 듯한 엄청난 열정으로 글을 써내고 마는, 천생 작가였다. 애거서의 자서전이 마무리될 무렵, 독자는 그녀와 긴 여행을 함께 다녀온 듯한 피로감이 밀려오는 것을 느낄는지도 모른다. 그녀에게 인생은 흥미로운 여행이었고 독자는 긴 여행담을 들으면서 그녀와 함께 나이가 들어 있다. 누구에게나 인생은 존재의 비밀이며 소중한 선물이다. 그걸 일깨워주려고 애거서 크리스티는 15년에 걸쳐 일흔다섯의 나이까지 자서전을 놓지 않았다. 어쩌면 애거서에게 추리소설보다 더 중요한 것은 자서전이었을지도 모른다.

- 『애거서 크리스티 자서전』(황금가지, 2014)에 부쳐

『애거서 크리스티 자서전』을 읽고 생각해 보기

1. 애거서 크리스티의 추리 소설이나 영화를 본 적이 있는가? 책이나 영화로 만난 작가는 어떤 사람이라고 생각했나?

2. 작가 애거서 크리스티는 누구나 작가가 될 필요는 없지만, 누구든 일단 글을 써 보기 전에는 섣불리 글에 대한 판단을 하지 말라고 경고한다. 내가 글쓰기를 두려워했던 순간을 떠올려보고 그 이유를 말해 보자.

3. 애거서 크리스티가 일흔다섯의 나이까지, 무려 15년 간 자서전을 써 온 이유는 무엇이었을지 이야기해 보자.

제1장 작가의 자서전은 다르다

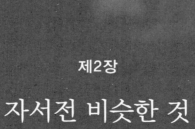

제2장

자서전 비슷한 것

자서전 비슷한 이야기에
귀를 기울이며

우리 주변에 자서전과 비슷한 것들은 아주 많다. 그런 이야기들에 귀를 기울이고 있노라면 어느 결엔가 그저 사람 사는 이야기, 살아온 이야기, 살다 간 이야기처럼 익숙하게 들리고 온 세상의 이야기들은 모두 자서전인 것만 같다. 특히 평전은 자서전 비슷한 이야기 중에서도 조금 특별한 이야기 종류이다. 누군가의 생애에 대해서 본인만큼 정확하게 알 수 있는 사람은 없겠지만, 평전은 그 추측을 여지없이 깨뜨린다. 본인도 몰랐을 것 같은 사실, 본인은 죽는 날까지 깨달을 수 없었을 진실, 본인이 가늠할 수 없었을 미래에 끼칠 영향력에 대한 부분까지 하나의 거대한 이야기 틀에 정교하게 끼워 넣는다. 그래서 어쩌면 평전은 자서전보다 더 정확한 개인의 역사가 되는지도 모르겠다. 평전의 주인공은 필자가 가장 좋아하는 사람일 수도, 존경하는 사람일 수도, 가장 가까이에서 지켜보아 온 사람일 수도 있다.

제자가 쓰는 스승의 이야기

아내가 쓰는 남편의 이야기

딸이 쓰는 엄마의 이야기

그렇게 애틋한 관계가 아니더라도 평전은 필자와 주인공의 관계를 애틋하게 만든다. 누군가와 애틋한 관계를 만들고 싶다면 그의 평전을 써 보는 것도 꽤 괜찮은 시도가 될 것이다.

서랍 속에 들어 있는 브론테를 만나다

덴치 이사장은 올해 초 "어릴 적 브론테 자매들이 지어낸 이 작은 책들에 오랫동안 매료됐다"며 "이 작은 작품들은 그들이 내재하고 있던 상상 속의 세계로 들어가는 마법의 문 같으며 명망 있는 작가로 발돋움하려는 자신들의 열망을 드러내고 있다"고 말했다.
-『서울신문』 2019년 11월 19일 자 기사 중에서

이 책은 샬럿 브론테와 에밀리 브론테, 그리고 앤 브론테를 한자리에서 만날 수 있는 드문 만남의 장이다. 바꾸어 말하면, 제인과 캐서린, 그리고 애그니스를 일상에서 만날 수 있는 특별한 장소라고도 할 수 있겠다. 그런 기대와 설렘 때문에 책장을 열기도 전에 충분히 마음을 두근거리게 하는 평전이었다.

이야기는 세 자매 작가들의 수제 책이나 편지, 머리카락, 바느질 상자, 그림 앨범 등과 같은 일상적인 사물들에서 의미를 찾아가기 시작한다. 살아가는 동안 너무나 익숙해져서 우리가 쉽게 지나쳐 온 사물들은 평전 안에서 다시 살아남기 위해 치열하게 흔적을 찾

아가고 있다. 사물을 통해 역사를 복원한다는 거창한 명목이 아니더라도 말 없는 사물을 통해 스스로 말할 기회를 주고 있는 이 기록은 그 자체로 특별한 점이 있다. 빅토리아 시대 사람들과 함께 살았던 아홉 개의 사물들—실제 책 속에서 필자가 언급하고 있는 사물은 훨씬 많다—은 그렇게 다시 독자들의 기억 속으로 들어온다.

작은 책이 주는 위안

브론테 남매들의 상상력이 시작되는 무렵에 비밀스러운 작은 책들이 생겨나고 있었다. 5cm×3.8cm로 잘라 반씩 접어 만든 16쪽 내외의, 작은 새 같은 이 책들은 종이가 귀하던 시절 그들이 누리던 작은 사치였다. 그리고 글씨가 작아서 어른들을 따돌릴 수 있었던 그들만의 세계에서의 비밀스러운 소통이었다. 신기하게도 그 작은 공간은 무한히 넓어서 그들이 상상하는 세상을 넣기에도 부족함이 없어 보인다. 이런 작은 책에 대한 향수는 열에 다섯쯤은 개인적인 추억을 떠올리는 데에 유용해 보인다. 때로는 독자들도 어릴 적 작은 수첩들을 모아 깨알같이 적어놓던 이야기들이 어렵지 않게 떠오를 수도 있을 테니까.

하지만 이런 추억들은 쉽게 버려지기 쉬워서 우리의 기억 속에서만 어렴풋하게 깜박일 뿐, 생생하게 표면으로 떠오르지 않는다. 브론테 형제들의 이런 기록들이 지금도 남아 그들의 추억을, 한편으로는 독자들의 추억을 소환하는 것은 고마운 일이다. 다만 많은 양이 분실되고, 뜯겨나가고, 심지어 무분별한 수집가들에 의해 조각조각으로 나뉘어 표류하고 있는 것은 후세의 독자들이 감당해야 할 아픈 현실이다. 크기가 큰 책도 작은 책도 모두 누군가의 삶이 담길 수 있다. 책을 쓰는 것도 책을 만드는 것도, 책을 읽는 것도 모두 위로가 될 수 있다. 책은 우리 일상에서 가장 가까이 있는 사물 중 하나이므로.

바느질 상자에 들어 있는 희비의 그림자

작가이기 전에 여성이었던 브론테 자매들에게 바느질은 생각보다 큰 부분에서 은밀하고 사적인 공간을 대변하고 있다. 빅토리아 시대의 여성들이 반짇고리에 담았던 물건들은 바느질 도구와 섞여 한층 애틋하고 로맨틱해진다. 반짇고리 사이사이에 숨겨져 있는, 산책하다 주운 조약돌과 사랑하는 친구의 머리 타래, 깃털과 조가비 같은 물건들은 브론테 개인의 향이 다른 역사를 보여준다. 작가의 말처럼 그 시대에 바느질은 여성들의 유대감을 강화하는 접착제 역할을 톡톡히 해내고 있는듯하다. 손수 만들어 우정을 과시하던 바늘집이나 슬리퍼 같은 수예품은 그 자체로 개인의 취향이나 솜씨를 보이기도 하지만, 함께 모여 바느질을 하면서 공유하는 시간 동안 시를 외우기도 하고 이야기를 들려주기도 하면서 함께 꿈꾸는 장을 마련해 주기도 하였으니까.

그리고 그런 경험과 시간들이 고스란히 제인과 캐서린의 반짇고리에도 스며들었다. 이 시대 여성의 바느질은 문학 속에서 보수적인 전통에 순응하는 소극적 삶을 표현하기도 했지만, 브론테 자매들이 같이 모여 하던 바느질은 오히려 관습에 얽매이지 않고 한껏 자유로운 삶을 내재하고 있기도 하다. 바느질 상자 안에는 상자 주인이 가졌던 설렘의 흔적도, 인내의 흔적도, 실연의 흔적도 무심하게 모두 담겨 있기에 그들의 바느질은 글쓰기와도 닮아있다.

또 다른 가족, 개에 대한 기억

브론테 자매들에게서 집에서 키우던 개에 대한 특별한 애정을 찾아내긴 쉽지 않다. 샬럿이나 에밀리, 앤의 소설에서 개가 큰 비중을 차지한 적이 없다는 점만 보더라도 그리 짐작하기 어려운 것은 아닐듯싶다. 세 사람의 소설에서 느낄 수 있듯이, 아무래도 가장 특이한 감수성을 지닌 사람은 에밀리였다. 훗날 브론테 자매를 혹평했던 어떤 작가는 에밀리가 동물 학대를 일삼았다고 주장하기도 하였다. 『폭풍의 언덕』에서 히스클리프가 개를 통해 보여주는 잔혹한 장면을 떠올려보거나, 브론테 집안에서 키우던 개 키퍼가 한 번은 에밀리에게서 호되게 맞고 나서 순하게 길이 들었다는 사건 등을 되짚어 보면 그런 추측도 무리만은 아닐 것이다.

이 평전이 지닌 특이한 점은 브론테 자매들의 일상적 사물에 집착하지 않고, 빅토리아 이전 시대부터 내려온 사물에 대한 전통과 의미를 통합적으로 관찰하고 있다는 점이다. 그럼으로써 브론테 자매들의 사물에 대한 의미와 해석은 나름의 개연성을 확보하는 쓸모 있는 장치가 되고 있다. 굳이 그 시대 사람들이 키우던 개가 어떤 종류인지, 목걸이가 어떤 재질이며 어떤 모양인지 궁금하진 않았다. 하지만 필자의 이야기를 듣는 동안 그 무렵 작가들의 소설 속에 등장하는 개들은 단순한 소품이 아니라 작품의 구석구석을 지키는 파수병의 역할로서 자리매김하고 있었음을 깨닫게 된다.

편지, 가장 사적인 그리고 위험한 기억

개인의 삶에서 편지만큼 사적이고 진솔한 기록도 드물다. 브론테의 편지에서도 사춘기를 지나는 유치한 감성과 일상을 견디는 개인적 취향 같은 것들이 여과 없이 드러난다. 특히 샬럿과 엘렌의 편지 교환은 각별하다. 그들의 성장사를 그대로 담았다고 해도 좋을 그들의 편지는 샬럿의 소설만큼이나 흥미롭다. 그들의 편지봉투에 남은 밀랍 봉인이나 봉인 문구 같은 장치들까지도 편지의 품격을 달리 보이게 한다. 우표가 없던 시절, 수신자 부담의 편지로 인해 불편함과 부담을 감수해야 했던 소녀 필자들은 안쓰럽고도 애틋하다.

아이러니한 것은 샬럿이 짝사랑하던 유부남 에제 선생에게 보낸 편지들은 냉정한 거절과 함께 조각조각 찢겨 나갔지만, 에제의 아내였던 조에, 다시 그의 딸 루이즈에게 전해져 박물관에 기증되어 남았다는 사실이다. 아무리 진실을 담고 있는 편지라 해도 상대가 받아들이지 않으면 한낱 쓰레기와 다름없다. 샬럿의 진심을 쓰레기로 여기지 않고 보관해 두었던 조에는 혹시 다음 생에서 샬럿과 진심을 나누는 사이가 될 수 있지 않았을까? 샬럿이 편지에 싣는 진실의 무게감 때문에 남편이었던 아서는 엘렌에게 편지를 태워버리기를 강권하기도 했다. 편지는 성냥처럼 위험하다. 때로는 필자의 전부가 들어있을 수도 있기에.

삶보다 조용한 죽음

샬럿은 스물아홉의 젊은 나이에 죽음을 맞이했지만 형제들 중에서는 가장 오래 살아남은 사람이었다. 또 앤과 에밀리의 고통스러웠던 죽음에 비하면 샬럿의 죽음은 조용하고 영웅적이었다고 평가되는 편이다. 하지만, 앞서간 시간들을 어깨에 얹고 살아온 샬럿에게는 가장 치열하게 괴로운 시간이었을 것이라 짐작한다. 그녀의 사후에 브론테 형제들의 유물은 브론테 애호가들에 의해 뿔뿔이 흩어진다. 그녀의 드레스 자락은 인형 옷이나 누군가의 앞치마가 되기도 하고, 그들이 살던 허물어진 옛 교회의 목재로는 촛대 같은 기념품이 만들어졌다. 원래 소유주의 추억을 담아 독특한 유물 수집 문화와 여행 기념품 산업으로 이어지게 된 내력이 흥미롭다. 샬럿의 사후에 재혼했지만 소파 위에 샬럿의 초상화를 걸어 두고 그녀의 웨딩드레스를 보관했던 아서에게 안타까운 마음이 드는 것도 잠시… 아서의 사후에 재혼한 아내였던 메리가 그것들을 소더비 경매에 내놓아 톡톡히 한몫을 잡았다는 후일담은 독자로 하여금 쓸쓸한 웃음을 짓게 한다.

이 책은 샬럿과 에밀리, 앤, 그리고 브랜웰 형제에 대한 추억들을 그들과 함께 지냈던 일상의 사물들로부터 일깨우는 기록이다. 이야기를 따라가다 보면 어느새 샬럿은 제인이, 에밀리는 캐서린이, 앤은 애그니스가 되어 있다. 샬럿은 에밀리가, 앤은 샬럿이 되어 있다. 브론테 자매들에 대한 연구는 쉽게 끝나지 않을 것만 같다. 나처럼 오랜 시간을 잊고 지내다가 또 새삼 브론테를, 그리고 브론테의 소설과 함께했던 각자의 시간들을 추억하려는 사람들이 자꾸만 늘어갈 테니.

- 『브론테 자매 평전』(뮤진트리, 2018) 속에서 찾은 것들

1. 평전 작가는 브론테 자매들이 사용했던 일상적인 소품에서부터 그들의 사적
   인 시간과 경험들을 탐색해 간다. 자서전을 쓸 때, 시간과 경험을 비추어 보여
   줄 나의 소품에는 어떤 것들이 있는지, 어떤 내용을 담을 수 있는지 생각해
   보자.

2. 『브론테 자매 평전』을 읽고 세 자매가 지닌 공통점이나 차이점에 대해 나의
   생각을 말해 보자.

3. 브론테 자매들 각자에게 글쓰기란 어떤 의미였을지 생각해 보자.

제인 에어, 폭풍의 언덕
그리고…

브론테 자매의 이야기를 듣다 보면 나도 모르게 자꾸만 빠져들게 된다. 영화도 그렇다. 2011년의 〈제인에어〉에서는 정말 제인에어를 닮은 듯한 배우 미아 와시코브스카Mia Wasicowska를 만날 수 있다. 원작의 느낌을 그대로 되살려 보기에 좋다. 〈폭풍의 언덕〉의 경우에는 취향이 조금씩 달라질 수 있다. 워낙 여러 차례 재구성이 되었기 때문에 시대 흐름에 따라 변화를 느껴보는 재미를 찾을 수도 있을 것이다. 개인적으로는 줄리엣 비노쉬Juliette Binoche가 나오는 1992년의 캐서린을 선호한다. 멀리는 1939년의 고전에서 시작하여 2012년 최근작에 이르기까지 야성적이고 매력적인 캐서린도 좋지만, 각기 다른 다양한 매력을 지닌 히스클리프에 초점을 두고 감상하는 것이 포인트가 될 수도 있다. 헷갈리는 여주인공의 이름과 복잡한 가계도는 그리 문제 되지 않는다. 폭풍의 언덕은 그 자체로 거세게 휘몰아치는 소설이며 영화이므로.

별이 된 나비, 나비가 된 별

남이 하지 않는 일을 10년 하면 꼭 성공한다. 천재적 재질보다 꾸준
한 정진 노력이 성공의 어머니가 된다. 세월 속에 씨를 뿌려라. 그
씨는 쭉정이가 되어서는 안 되고 정성껏 가꿔야만 한다. -석주명

　

새로운 평전을 만날 때마다 설레는 것은 평전을 사랑하는 독자
들에게는 익숙한 습관과도 같다. 그것이 우리에게 익히 알려진 인
물의 성공담을 자신감 있게 외치고 있든, 다소 낯선 인물의 굴곡
진 사연들을 조심스레 꺼내놓든 마찬가지다. 나비박사 석주명의
일화는 오래전 교과서에서 보았던 기억으로 남아있다. 하지만 인
간 석주명의 생애에 특별하게 존경심을 느껴 마음에 담아 두었던
세심한 기억 같은 것은 없다. 다만 하고많은 박사 중에 '나비박사'
라는 타이틀이 화려하게 도드라진 얼룩무늬를 지닌 호랑나비처럼
얼른 선명히 떠오를 뿐이다.
　특히 이런 특별한 전문가의 평전을 손에 잡게 되면 먼저 걱정이

드는 것 하나를 피할 수 없다. 인물의 생애 속에 녹아든 주인공의 전문적 지식에 관련된 영역들을 독자로서 무난하게 이해해 갈 수 있을까 하는 불안감이 바로 그것이다. 석주명의 평전 안에서도 예외 없이 세상의 온갖 나비들이 날아다니고, 주인공이 나비 날개를 핀에 꽂아 표본 수를 늘려갈 때마다 독자는 익숙지 않은 나비 형상을 부랴부랴 떠올리고 지우기를 계속해야 한다. 그러나 이렇게 불편한 듯 읽히는 나비박사의 평전도 독자에게 꼭 필요한 영양소임은 말할 나위가 없다.

암울한 시대의 독립운동가가 보여주는 비장한 삶도 감동이 있고, 지난한 시대를 딛고 성공한 재벌이나 정치인의 스토리에도 카타르시스가 있다. 하지만 그저 미친 듯이 자기의 일을 할 줄만 알았던 무심한 한 남자의 이야기를 따라가노라면 안쓰러움과 약간의 미안함과 그리고 크지 않은 울림이 찾아든다. 다만 평전 속에서 아무리 보아도 친해지기 힘든 측정표와 그림, 지도나 목록들을 석주명 인생의 삽화인 양 끄덕이며 책장을 넘겨야 하는 수고로움은 독자가 감당해야 할 몫이다.

이번에 만난 석주명 평전에는 나비가 잔뜩 들어있다. 석주명의 인생이라기보다는 조선 나비의 짧은 생들이 빼곡하게 기록되어 있다. 그에게 가족이고 운명이며 온 세상이었던 나비와 그 나비들에게 길지 않은 삶을 온전히 바친 불우한 학자의 단상을 거친 영상처럼 찾아볼 수 있다.

일본이 자랑한 조선인

조선인이라는 이유만으로도 출세하기란 '하늘의 별따기'였던 시절에 석주명의 천재성을 알아본 이는 다름 아닌 일본인 교수 오카지마였다. 석주명은 스승의 말을 좇아 '십 년만 죽어라고 하면 조선 나비에 관한 한 세계적인 학자가 될 것'이라 믿고 또 믿었다. 그리고 그는 십 년 뒤 정말 세계적인 나비학자가 되었고, 후학들에게 '10년 공부'의 교훈을 기회가 있을 때마다 입버릇처럼 말할 수 있게 되었다. 하지만 10년 동안 그에게 쭉정이가 아닌 씨앗을 고르는 일들이 수많은 대가를 치러야 했다는 사실은 그것을 시작한 후학들만이 확인할 수 있는 아픈 특전이다.

우리말 어휘의 마술사

나비를 사랑하듯 에스페란토어를 사랑하고 또 제주도 방언을 사랑했기에 그의 인생의 수고로움도 몇 배에 달할 수밖에 없었다. 무려 248종에 달하는 나비에 제각각 어울리는 이름을 붙이는 것만 하더라도 보통 일이 아니다. 우리말에 대한 애정이 남달랐던 석주명의 경우 이 작업은 더욱 각별할 수밖에 없었다. 여기서 다방면의 지식과 유머와 감성의 삼박자를 갖춘 석주명의 미적 감각을 엿볼 수 있다. 굴뚝처럼 까만색이어서 굴뚝나비, 노랑 저고리에 흰 리본을 맨 처녀 같은 처녀나비, 지옥 같은 험준한 고산에서나 볼 수 있는 지옥나비, 날개 안쪽 무늬가 시가도市街圖 모양인 시가도귤빛 부전나비, 나는 모양이나 행동이 몹시 까불어댄다 해서 팔랑나비, 그리고 사진을 앨범에 붙일 때 네 귀에 끼우는 세모꼴의 '부전' 같은 모양이라서 부전나비…… 지금 우리가 만나는 나비들을 더 친숙하게 느낄 수 있게 하는 고마운 배려가 되었다.

가장 원시적인 천재, 그리고 운명

연극에서는 여장 남자 역을 도맡아 할 만큼 자그마한 체구에, 만돌린과 기타를 능숙하게 연주하는 석주명의 모습은 다소 낯설다. 그래서인지 조선 제일의 기타리스트를 꿈꾸던 그는 라디오에서 세고비아의 연주를 듣고 난 후 바로 기타를 놓아버린다. 독자는 이런 빠른 선택에 다행스럽고 고마워해야 할 듯하다. 나비박사 석주명의 이미지를 상상해 보자면 그리 어렵지 않다. 땀과 흙투성이의 너절한 매무새에, 한 손에는 낡은 포충망을 들고 맨발에 낡은 구두 뒤축을 익숙한 듯 끌고 다니는, 그을린 얼굴의 자그마한 한국 남자를 그려 놓으면 영락없다.

다만 그를 훗날까지 특별한 사람으로 기억하게 만드는 것은 지독하리만치의 집중력 때문이다. 가능한 많은 나비를 채집한 그는 같은 종 나비들을 암컷과 수컷 별로 한 마리씩, 한 마디의 앞날개와

뒷날개에 나타난 무늬의 숫자를 세고, 크기와 모양을 비교하면서 어찌 보면 지극히 소모적이고 단순한 노동을 지속해 왔다. 그래서 그의 업적을 낮추어 보는 사람들은 "자로 재고 무늬 수를 세는 것은 초등학생도 할 수 있다."라고 비아냥거리기도 하였다. 하지만 그렇게 일찍이 통계 수치를 생물 분류학에 적용해 온 나비가 75만 개체에 달한다는 사실은 전율할 만하다. 그리고 석주명 자신이 말한 대로 '누구의 지도도 받음이 없이 홀로 원시적 방법으로 연구한 것이 사실 가장 과학적이고 합리적인 방법'으로 남게 되었다는 사실은 한 번 더 울림을 준다.

하지만 그는 한 여자를 평범하게 사랑하는 일에는 지나치게 서툴렀다. 결혼 생활은 당연히 실패였다. 죽음의 순간마저도 뜻대로 되지 않았다. 명동 거리에서 의문의 죽음으로 마무리된 그의 생애는 허무하고 비통한 미인박명美人薄命을 떠올리게 한다.

별이 된 나비

석주명의 손길을 거쳐 간 수많은 나비들은 모두 세심한 기록으로 남겨져 별처럼 기억되는 자료로 남았다.

나비가 된 별

나비들을 연구하는 데에 인생의 별빛 같은 순간들을 온전히 밝혀 온 석주명은 지금, 가장 자유로운 부전나비가 되어 전국 곳곳을 날아다니고 있을는지도 모른다.

- 『석주명 평전』(그물코, 2011)이 남기는 것들

1. '십 년만 죽어라 노력하면 어떤 분야에서 최고의 경지에 오를 수 있다'는 말은 어떤 의미일까?

2. 석주명은 가장 원시적인 방법으로 가장 합리적인 학문적 성과를 이루었다고 평가되는 학자이다. 그의 연구 방법이 소모적인 단순노동이라고 지탄받음에도 불구하고 그가 최고의 학자로 이름을 남기게 된 이유는 무엇일까?

3. 석주명이 나비의 이름을 지었던 방법에 착안하여 다음 나비들의 이름을 짓고, 그 이유를 설명해 보자.

이상李箱의 이상理想을 담은
이상異常한 이야기

나의 아버지가 나의 곁에서 조을 적에 나는 나의 아버지가 되고 또
나는 나의 아버지의 아버지가 되고, 그런데도 나의 아버지는 나의
아버지대로 나의 아버지인데 어쩌자고 나는 자꾸 나의 아버지의 아
버지의 아버지의… 아버지가 되니 나는 왜 나의 아버지를 껑충뛰어
넘어야하는지 나는 왜 드디어 나와 나의 아버지와 나의 아버지의
아버지와 나의 아버지의 아버지의 아버지 노릇을 한꺼번에 하면서
살아야 하는 것이냐 ─이상, 〈오감도〉 시제2호

고은 시인의 시를 만나며 간직했던 그 감동을 그대로 가슴에
옮겨 담기를 기대했다면, 시인이 쓴 평전을 선택한 것은 잘못된
판단이었다. 혹여 소설가의 삶을 절절한 감동으로 담아두고 싶었
대도 독자에게 있어서 이상의 이야기는 내내 마음 불편한 선택이
었다. 이상은 시인이나 소설가로서도, 한 여자의 애인으로서도, 직
장 동료나 친구로서도 결코 편안한 사람으로 기억되지 않기 때문

이다. 이상의 이상한 삶에 대한 이야기는 그렇게 책 갈피갈피에서 그다지 호의적이지 않은 말투로 이어진다. 작가는 이상의 이상異常한 행보와 이룰 수 없는 이상理想에 대하여 때로는 무심하게, 때로는 원망하듯 짚어내고 있다.

지독한 가난으로 인하여 낳은 부모가 그를 끝까지 기를 수 없는 상황에서도 보이듯, 이상은 일찍이 배신의 운명들을 삶 깊숙이 새겨 두었는지도 모른다. 그가 성장하면서 숱하게 겪어야 할 배신들을 암시하기라도 하듯이. 창백한 얼굴에 현미빵을 팔던 어린 이상은 또래들처럼 천진한 악동일 수 없었다. 그래서 '제1의 아해도, 제2의 아해도, 제3의 아해도 제4의 아해도 (…) 무섭다고' 하는 것은 그 배신을 예감하는 불운한 어린 이상의 자아인지도 모른다.

수척한 몸매에 껑충해 보이는 키, 하얀 낯빛에 헝클어진 머리카락, 백단화에 백색 상하의, 농갈색 나비넥타이, 다소 괴팍하고 서구적인 풍모를 유감없이 드러내는 이상의 외모는 상상만으로도 특별하다. 가족의 생계에도 무심하고 친구에게 술 한 잔 산 적 없으며, 일상을 혐오하던 불순한 문학도인 그는 그럼에도 자체로 주변에 인기가 있었다. 특별한 외양만큼 그는 특별한 연애를 원했고, 지극히 개인적인 취향의 특별한 여자들이 그의 삶 속에 들어와 그를 더 특별하게 만들었다. 아니 그의 문학을 특별하게 만들었다는 것이 정확할 것이다.

이상의 여자

이상은 여자를 지독히 좋아했다. 그러나 이상에게 있어 여자는 배신의 아이콘이기 쉬웠다. 여자가 그에게 주는 상처도 크게 중요하지 않았다. 그를 가장 아프게 한 금홍은 오히려 추억하는 것만으로도 즐거움이 되었으니까. 더구나 그는 흔히 일컫는 정숙한 여자나 열녀형의 양처와는 늘 거리가 먼 여성과의 관계를 지향해 왔으니, 이상의 에로스는 가히 고독을 남기는 역할로서만 존재하였다고 할 만하다.

> 내가 결혼하고 싶어하는 여인과 결혼하지 못하는 것이 결이 나서 결혼하고 싶지도, 저쪽에서 결혼하고 싶어하지도 않은 여인과 결혼해 버린 탓으로 뜻밖에 나와 결혼하고 싶어하던 다른 여인이 그 또 결이 나서 다른 남자와 결혼해 버렸으니 그야말로 ─ 나는 지금 일조一朝에 파멸하는 결혼 위에 저립佇立하고 있으니 ─ 일거에 삼첩三尖일세그려.
>
> ─ 〈동해〉 중에서

단편 〈동해〉는 그런 이상의 탄식을 단적으로 보여준다. 그래서 작가는 말한다. 이상은 여자를 말하는 양파 껍질로 말해 버릴지도 모른다고. 그가 여자에게 무엇인가를 찾아가면 결국엔 아무것도 남는 것이 없어질 것이므로. 그럼에도 이상 문학을 유녀문학이며 굴절된 성 문학이라고 규정하고 있는 것은 의외의 해석이지만 무심코 고개를 끄덕이게 되는 면도 있다. 작가의 해석처럼 성적 집중의 힘이 없던 그에게 절망의 행간에 파고들어 오는 금홍이나 동림의 비극이 오히려 이상 문학의 기교를 탄생시키고 있었는지도 모를 테니.

이상의 거울

이상의 '거울'은 생각보다 낯설지 않다. 띄어쓰기를 거부함으로써 꿈꾸던 일탈의 장치가 읽어 들어갈수록 착란을 일으켜 줄거리를 잃어버리게 만든다지만, 그건 이상의 다른 작품들에 이미 지칠 만큼 지쳐버린 이상 전문가의 무심한 투정일지도 모른다. 시인은 이를 이상 문학의 극적 독성이라 표현하고 있다. 모델을 앞에 두고 그림을 그릴 때마저도 거울 속의 자신을 그려내던 그에게 모든 사물은 자신을 들여다보는 거울이었는지도 모른다.

거울속에는소리가없소
저렇게까지조용한세상은참없을것이오

거울속에도내게귀가있소

내말을못알아듣는딱한귀가두개나있소

거울속의나는왼손잡이오
내악수를받을줄모르는—악수를모르는왼손잡이오

거울때문에나는거울속의나를만져보지못하는구료마는
거울아니었던들내가어찌거울속의나를만져보기만이라도했겠소

—〈거울〉 중에서

존재의 무교섭 상태는 삶이 진행되지 않는 죽음을 의미한다. 처용이 아니고 회회아비가 아니며, 하멜이 아니며 일본인 또한 아니었던 그는 독서를 하듯 거울을 읽었다. 그리고 거울의 밑바닥에서 읽어낸 것은 결국 죽음이었다.

이상의 죽음

우리말보다 일본어에 능숙한 이상이 죽음을 선택한 장소가 일본이었다는 사실을 우연이라고 보기는 힘들다. 아무리 무관심하려 해도 벗어날 수 없는 국어의 굴레와 감각적으로 익숙해져 있는 일본어 사이에서, 결국 어느 것에도 충실할 수 없는 그의 운명은 이중적 유희로 작품 속에 남게 되어 있기 때문이다. 그렇게 보면 그에게 익숙했던 일본어는 그가 시 속에서 사용하고 있던 건축 용어나 수학 용어와도 크게 다를 것이 없어 보인다. 심지어 그가 실지로 먹고 싶은 것은 빈대떡이면서 죽으면서 냄새를 맡고 싶은 것은 레몬이었다는 사실마저도 그의 모순, 도시적 판타지의 허상이라 평가된다는 점에 이의를 제기하기 힘들다.

> 과거를 돌아보니 회한뿐입니다. 저는 제 자신을 속여왔나 봅니다. 정직하게 살아왔거니 하던 제 생활이 지금 와 보니 비겁한 회피의 생활이었나 봅니다.
>
> 정직하게 살겠습니다. 고독과 싸우면서 오직 그것만을 생각하며 있습니다. 오늘은 음력으로 제야입니다. 빈자떡, 수정과, 약주, 너비아니, 이 모든 기갈의 향수가 저를 못살게 굽니다. 생리적입니다. 이길 수가 없습니다.
>
> — 〈사신 9〉 중에서

그래서 이상에게 재능 있고 교활한 무국적 반역자라는 수식도 그리 억울하게만 들리지는 않을듯하다. 시대의 젊은이들에게 목마른 과제였던 독립운동조차 이상에게는 관심사가 아니었고, 시나 소설을 쓰는 동료 문인들이 지닌 해박한 문학적 지식도 그에겐 핸디캡이 아니었다. 그에게 세상은 오래전부터 자신의 이상을 조금도 이해하지 못 하는 무능한 가족들과 다르지 않았다. 지극히 이기적인 그의 성향은 이기심을 다른 색채로 분출하는 난해한 문학을 낳았고, 그 마지막엔 비참한 죽음을 가져왔다. 살면서 늘 죽기를 꿈꾸었던 그는 마침내 원하던 거울 속 세상으로 떠났지만, 우리 문학사에는 골치 아픈 천재로 남겨지게 되었다.

평전 작가의 시가 말해주듯, 이상은 사람이 아니라 사건이었다. 제1의 아이가 달려가고 제2의 아이가 달려가고 제3의 아이가 달려가고, 그리고 제15의 제16의 아이가 달려가지 않았던 것은 마지막에는 더 이상 달려가지 않아도 됨을 알고 있었기 때문일 것이다. 불우한 작가 이상이 세상과 부딪치며 치열하게 꿈꾸던 이상理想은 쉽게 공감할 수 없다. 더구나 평전 작가의 냉정한 시선을 통해서는 다가가기 어렵다. 다만 이상한 삶을 살다 간 이상한 작가의 생애를 내내 고개를 갸웃거리며 곱씹어 보게 될 뿐이다.

- 『이상 평전』(향연, 2008)에 대한 군소리

1. 이상의 단편소설 〈날개〉는 이상 자신과 금홍의 이야기를 소재로 한 자전적 소설로 평가되기도 한다. 그 외에도 이상은 작품 안에서 무수히 자신을 투영하고 있다. 이상이 굳이 소설이라는 형식을 통해 자신의 이야기를 털어놓은 이유는 무엇일지 생각해 보자.

2. 불우한 어린 시절을 보낸 이상은 괴팍한 일상 속에서 괴팍한 창작 활동을 하곤 하였다. 다음 이상의 시를 보고 제목과 작가가 의도하는 바를 추리해 보자.

   내가 그다지 사랑하던 그대여. 내 한평생에 차마 그대를 잊을 수 없소이다.
   내 차례에 못 올 사랑인 줄은 알면서도 나 혼자는 꾸준히 생각하리라.
   자. 그러면 내내 어여쁘소서.

3. 작가 이상이 죽는 순간 레몬향기가 맡고 싶다고 말한 이유는 무엇이었을지 생각해 보자.

이상李箱, 그 이상以上

- mbc 드라마 페스티벌(2013) -

　1972년의 종로 거리에서 다시 나타난 이상의 초상화로부터 이야기는 시작된다. 40년 전 카페 '제비'의 보이였던 수영이 경성에서 처음 만났던 이상에 대한 회고가 액자식으로 이어진다. 이 드라마에서 가장 돋보이는 점이 있다면 그건 단연 이상 역할을 분한 조승우의 연기다. 무능력한 룸펜이면서 천재적인 지능을 가진 돈키호테 같은 이상의 캐릭터는 이 드라마에서 셜록 홈스 같은 이미지를 추가한다. 그 시대의 젊은이를 대신할 캐릭터로 '냉소와 절망뿐인 청춘'을 일관하는 극 중 이상은 말투와 외모에서부터 레트로의 정석을 보여준다. 그러나 우연히 고종 황제 시절 금괴에 대한 문서를 발견하면서 조선의 셜록 홈스로 분하는 이상은 다소 낯설다.

　사실 건축에도 일가견이 있었고 수학에도 능했던 그가 이런 수수께끼 문서를 손에 넣었다면 비슷한 고민과 탐색을 했을지도 모른다. 작가의 상상력은 이렇게, 성 문학이며 유녀 문학이라 평가되는 이상의 문학적 삶에서 다른 옆얼굴을 찾아내고 있다. 주변에 둘러앉아 추임새를 넣는 박태원이나 김유정, 구본웅 같은 감초를 넣어 시대적인 캐미를 살리고 있다. 이상의 삶에 대한 이야기를 통해 함께 지쳐버린 독자들은 이 드라마에서 생기를 찾은 이상을 통해 위로받을 수 있을지도 모를 일이다. 아직 "세상은 명랑한 암흑 시대"이므로.

동주, 동주를 만나다

바람이 부는데
내 괴로움에는 이유가 없다.
내 괴로움에는 이유가 없을까.
단 한 여자를 사랑한 일도 없다.
시대를 슬퍼한 일도 없다.
- 윤동주, 〈바람이 불어〉 중에서

평전을 쓴다는 것은 작가가 한 인물의 삶 속으로 힘겹게 들어가
주변을 빈틈없이 살피며 기록하는 고된 글쓰기 작업이다. 힘들게
쓰인 평전은 독자에게 새로운 지식을 알려 주고 색다른 감동을 전
해 주고, 특별한 상상력을 자극한다. 필자 자신의 이야기가 아니므
로 그저 보이는 대로, 들은 대로, 담담하고 논리 있게 써가기만 하
면 될 것 같지만, 그렇기만 하다면 같은 인물의 다른 평전들이 굳이
달라서 흥미로울 이유는 없을 것이다.

이번 『윤동주 평전』은 그런 의미에서 조금 특별하다. 사학자가

제2장 자서전 비슷한 것

쓴 평전, 그리고 세월이 흐르면서 끊임없이 움직여 진실의 자리를 잡아가는 평전이다. 작가가 지닌 특별한 인연들과 까탈스러운 고증의 과정들이 청년 동주에 대한 구구한 사설들을 가차 없이 잠재우고 있으니 말이다. 여기서 평전은 인물의 생애를 담는 그릇이 아니라, 바른 역사를 담는 그릇으로 선택된 듯하다. 그리고 그 중심에 동주와 몽규가 시대의 자부심으로 우뚝 서 있었다.

동주의 뿌리가 되는 명동촌이 사방 산으로 둘러싸여 아늑하고 완만한 구릉에, 철마다 절경이 감히 형언하기조차 힘든 고장이라는 수식쯤은 그리 놀랍지 않다. 마을 사람들이 쓰는 언어마저도 기막히게 부드러워서 동주 특유의 인상적인 언어 감각으로 이어졌다는 내력도 딱히 감동적이지는 않다. 다만 바느질과 산책을 좋아하는 문학소년 동주가 동갑내기 지기인 몽규의 신춘문예 당선 소식에 물결처럼 흔들리고 파랑 같은 시들을 품어내기 시작하는 장면부터는 나도 모르는 사이에 숨소리를 낮추게 된다.

동주 vs 몽규

평전을 읽으면서 아무래도 동주보다는 몽규에 신경이 쓰이는 것은 사실이다. 작가가 깐깐하고 치밀한 고증으로 동주의 행적을 더듬는 동안, 어느새 몽규는 동주 곁에 묵직한 바위처럼 서 있고, 동주는 몽규의 슬픈 그림자처럼 떠돌고 있다. 작가는 동주를 빌려 몽규의 이야기를 하고 싶었던 것이 아닐까. 그리고 입시 실패로 이어지는 상대적 좌절감에서 작가는 동주가 지닌 '부끄러움'의 미학을 찾아가기 시작한다. '글이 곧 사람'이므로. 그래서 불운에 몸서리치던 청년 동주는 바로 그 불운으로 인해 빛나는 시를 남기게 되었다. 마치 소리꾼에게서 시력을 앗아가 소리에 한을 새기듯이. 그가 시를 통해 표현하는 부끄럼과 탄식은 흑백사진 속 그의 희미한 미소와 닮아있다. 하지만 선명하다. 그리고 가슴 깊숙이 밀려 들어온다.

평전을 쓰는 방식에는 여러 가지가 있겠지만, 작가는 조금 색다른 방식을 취하고 있다. 일반적으로 주인공의 삶을 들여다보는 장치로 주변 인물들을 활용하기는 하지만, 작가는 몽규를 통해 동주를 더 깊게 들여다보기를 시도한다. 동주보다 더 눈에 들어오는 몽규, 한편으로는 철저한 고증으로 지나치게 단정한 평전을 조금은 에둘러 읽게 하는 미묘한 장치일 수도 있을 것이다. 그러다 보니 몽규의 이야기 같기도 하다. 하지만 귀 기울이다 보면 어느새 몽규는 동주가 되어 있고, 동주는 또 다른 몽규가 되어 있다. 거울처럼 마주 보고 있는 두 사람의 삶을 그려내는 색깔이 달랐을 뿐, 동주는 몽규와 닮아있다.

그리고 동주의 평전 안에 몽규는 묵직한 존재감으로 살아있었다. 작가가 인용한 일본 경도지방재판소 재판정의 몽규와 동주에 대한 판결문을 보면 뜻하지 않게 무릎을 치게 된다.

제2장 자서전 비슷한 것

조선민족을 해방하고 그 번영을 초래하기 위하여서는 조선으로 하여금 제국 통치권의 지배로부터 이탈시켜 독립국가를 건설할 수밖에 없으며, 이를 위해서는 조선민족의 현시現時에 있어서의 실력, 또는 과거에 있어서의 독립운동 실패의 자취를 반성하고 당면 조선인의 실력, 민족성을 향상하여 독립운동의 소기를 배양하도록 일반 대중의 문화 앙양 및 민족의식의 유발에 힘쓰지 않으면 안된다고 결의하기에 이르렀으며, 특히 대동아 전쟁의 발발에 직면하자 과학력에 열세한 일본의 패전을 몽상하고…

- 윤동주의 판결문 중에서

조선민족의 자유 행복을 초래하기 위해서는 조선을 제국 통치권으로부터 이탈시켜 독립국가를 건설하는 외 다른 도리가 없으며 이의 실현을 위해서는 당면 조선인 일반 대중의 문화 수준을 앙양하고 그 민족적 자각을 불러일으켜서 점차 독립의 기운을 양성해야만 한다는 결의를 굳게 함에 이르러 이의 목적 달성을 위해…

- 송몽규의 판결문 중에서

일본이 남긴 공식적 판결 기록은 조선의 두 젊은 가슴을 어이없게도 제대로 담아내고 있다는 인상을 준다. 왠지 자존심 상하는 대목이다. 적국에서도 이만큼 잘 알고 있었던 것들을 우리는 왜 제대로 알지 못하고 있었을까. 판결문에서도 보이듯이 동주와 몽규는 동시대에 서로의 거울을 들여다보듯 같이 고민하며 같은 꿈을 꾸던 청춘들이었다.

동주 vs 지용

동주가 가슴 깊이 존경했던 인물 정지용은 동주의 시 구석구석에서 익숙한 미소를 짓고 있다. 쉬운 우리말로 쉽게 생각을 풀어내는 첫걸음으로 동시가 먼저 모습을 드러낸다. 동주는 지용의 시를 통해, 그리고 동시를 통해 몸에 힘을 빼고 우리말 위에서 가볍게 산보하는 법을 보여주었다.

아롱아롱 조개껍데기
울언니 바닷가에서
주워온 조개껍데기

여긴여긴 북쪽나라요
조개는 귀여운 선물
장난감 조개껍데기

- 〈조개껍질〉 중에서(1935.12)

누구보다도 시에 대한 자기검열이 강했던 동주의 시 세계에서 이러한 동시는 상당히 의외의 느낌을 준다. 그러나 동주가 붉은 줄까지 그어가며 정독하던 『정지용 시집』에서 지용이 그의 다른 시들과 당당히 어깨를 겨누면서 동시의 자리를 마련해 두었듯이 동주도 그러했음은 어렵지 않게 공감할 수 있다.

내성적인 소년 동주가 꿈에도 그리던 지용을 처음 만나는 자리를 상상해 보면 오히려 독자가 먼저 설렐 지경이다. 동주의 오래고 깊은 존경에 겸손한 대답이라도 하듯 지용은 동주의 첫 시집에서 다시 등장하게 된다. 그렇게도 귀한 지용의 문장이 그의 첫 시집에 새겨진 것을 알았다면 동주는 얼마나 한없이 기뻐하였을까. 그리고 명품으로 남은 지용의 서문에서 동주는 비장하고 아름다운 청년의 모습으로 다시 떠오른다.

청년 윤동주는 의지가 약하였을 것이다. 그렇기에 서정시에 우수한 것이겠고, 그러나 뼈가 강하였던 것이리라. 그렇기에 일적日賊에게 살을 내던지고 뼈를 차지한 것이 아니었던가?

무시무시한 고독에서 죽었구나! 29세가 되도록 시도 발표하여 본 적도 없이!

일제시대에 날뛰던 부일문사附日文士놈들의 글이 다시 보아 침을 배알을 것뿐이나, 무명無名 윤동주가 부끄럽지 않고 슬프고 아름답기 한이 없는 시를 남기지 않았나?

시와 시인은 원래 이러한 것이다.

결국 동주의 유품으로 소금처럼 남아있는 지용의 시집이나, 보석 같은 문장으로 지용이 서문을 남긴 동주의 시집은 두 사람의 말 없는 교유를 짐작하게 하는 걸작으로 남았다. 눈앞에서 마주보지 않아도 마침내 닮아갔던 두 사람은 시집으로 인하여 만나고 다시 시집에서 인연을 맺게 된 것이다.

동주 vs 동주

실은 몽규나 지용뿐 아니라, 평전 속에 인용된 김구 선생의 백범일지 한 부분에서도, 강처중의 발문에서도 동주는 언뜻언뜻 모습을 내비친다. 이는 동주의 주변 인물을 통해 동주를 더 깊이 들여다보는 평전 작가의 적확한 자료 활용 능력에 기댈 수 있는 바가 클 것이다. 그리고 오랜 시간이 흐른 뒤, 영화 속에서 애처롭게 빛나던 담박한 캐릭터 '동주' 안에서도.

하지만 동주의 평전 안에서 무엇보다도 동주의 모습을 잘 드러내고 있는 것은 다름 아닌 그의 시들이다. 시인이나 소설가, 혹은 예술가들의 평전은 읽을 때나 쓸 때에는 늘 조심스러운 면이 있다. 독자나 필자는 주인공의 비범한 삶과 만나는 동시에 그들이 남긴 작품들과도 만나야 하기 때문이다. 동주의 삶 자체는 겸허한 마음으로 가슴을 열면 한껏 분통을 터뜨리며 공감할 수도 있다. 그런데 동주의 시는 좀 다르다.

다감한 말투의 토닥임 같은 동시.

바닷가 사람
물고기 잡아 먹고 살고

산골엣 사람
감자 구워 먹고 살고

별나라 사람
무얼 먹고 사나.

- 무얼 먹고 사나(1936.10.)

인간의 삶을 읽는 또 다른 특별한 독법이 된 '부끄럼'을 담은
시들.

내일이나 모레나 그 어느 즐거운 날에
나는 또 한 줄의 참회록을 써야 한다.
그때 그 젊은 나이에
왜 그런 부끄런 고백을 했든가

밤이면 밤마다 나의 거울을
손바닥으로 발바닥으로 닦어 보자.

- '참회록' 중에서(1942.1.24.)

혹은 '진달래꽃' 같은 비장함이 엿보이는 '이적'이든지, 아픈 사랑을 서늘하게 노래하는 '사랑의 전당'이든지, 사실 그의 작품에 무어라 한 마디 덧붙이기에도 여간 조심스러운 것이 아니다. 남아 있는 기록으로 보면 그리 특별하지도 애틋하지도 않은 사랑의 주인공이었던 그가 시 속에 드러내고 있는 심정들은 도무지 색과 깊이를 가늠하기 어려운 까닭이다.

하나, 내 모든 것을 여념없이
물결에 씻어 보내려니
당신은 호면으로 나를 불러 내소서
　　　　　　　　　　 - '이적(異蹟)' 중에서(1938.6.19.)

어둠과 바람이 우리 窓에 부닥치기 전
나는 영원한 사랑을 안은 채
뒷문으로 멀리 사라지련다.

이제 네게는 森林속의 아늑한 湖水가 있고
내게는 險峻한 山脈이 있다.
　　　　　　　　　　 - '사랑의 殿堂' 중에서(1938.6.19.)

그래도 시인에 대한 평전이 가져다주는 또 다른 재미는 시인의 작품을 다시 읽게 한다는 것이다. 시인의 삶을 읽는 동안 자연스럽게 다시 시인의 시에 이끌리게 된다. 그래서 평전은 낯설지만 새롭고, 새롭지만 금세 익숙해진다. 시는 시인을 마주 보게 한다. 시인의 삶을 거울처럼 마주하고 있는 시는 독자에게 다시 시인의 삶에 대한 이야기를 들려준다. 동주의 희미하고 안타까운 사랑에 대한, 그 주변에서 시인을 지키던 아름다운 사람들에 대한, 그리고 힘없고 서러운 그의 조국에 대한 이야기를.

　이제 동주를 떠올리면 언젠가 오래전에 나란히 산책길을 거닐던 누군가가 떠오르는 것 같다. 눈을 감으면 해사한 시인의 옆얼굴이 올려다보이고, 조용한 들길에 풀벌레 울음소리가 잦아든다. 납작 맥고모에 곤색 학생복 차림을 한 그는 언제나 그랬듯이 말이 없다. 한 손에는 어김없이 낡은 지용 시집이 들려 있고, 천천히 걷는 그의 걸음 소리는 바람소리 같다. 우리가 익숙히 보아 온 동주의 모습 그대로, 다만 예전보다 좀 더 지쳐 있을 뿐, 희미한 그의 미소는 한결 더 깊어져만 있다.

－『윤동주 평전』(서정시학, 2016)에 대한 단상

1. 평전은 인물의 생애를 담는 그릇과도 같다. 평전 작가가 어떤 그릇에 담느냐에 따라 각기 다른 평전이 만들어진다. 평전 작가가 문학평론가였다면 글이 어떻게 달라졌을지 이야기해 보자.

2. 동주가 적극적인 창작을 시작하게 된 계기는 몽주가 신춘문예에 당선된 시기와 맞물려있다. 사랑하는 동기간이면서 경쟁자이기도 했던 몽주로부터 받은 창작에의 자극과 같이 내 인생에서 내가 자극을 받거나 집중하게 된 사건이 있는지 생각해 보자.

3. 동주의 동시와 지용의 동시를 비교해 읽으면서 나의 느낌을 이야기해 보자.

동주(2016)

　영화 동주 안에서는 중얼거림 같은 내레이션으로 들려오는 동주의 시를 가장 동주 같은 목소리로 감상할 수 있다. 한결같은 모습을 한, 이미 동주 안으로 깊숙이 들어와 있는 배우 강하늘을 만날 수 있다. 주권 없는 나라에서 세상을 변화시키는 문학을 꿈꾸지만, 그것이 얼마나 부끄러운 것인지를 깨달으며 절규하는 동주의 마지막 모습을 가슴에 담을 수 있다.

　소심하고 우유부단한 동주와 적극적이고 치밀한 몽규는 쌍둥이처럼 화면에 교차한다. 그리고 영화가 끝날 무렵 어느새 동주는 몽규가, 몽규는 동주가 되어 있다. 시종일관 말간 얼굴로 몽주를 바라보던 동주는 살기 힘든 인생에서 시가 쉽게 쓰여지는 것을 부끄러워한다. 슬픈 청춘의 슬픈 서시……

　부끄러운 것을 아는 것은 부끄러운 게 아니야.

　그렇게 말하면서도 동주의 인생은 시 속에서도, 삶 속에서도 부끄러움으로 일관되게 나타난다. 스물아홉 해의 짧은 인생을 마친 동주의 어린아이 같은 시를 우리가 왜 저항시라고 이야기하는지 생각해 볼 수 있게 하는 영화이다.

에브 퀴리의 특별한 사모곡

소녀만이 홀로 기쁨에 겨워
고독 속에 산다
작은 방안에서 열정을 찾으면
마음은 아득한 대지로 나아간다
-『마담 퀴리』중에서

 치열하게 살다 간 사람들의 이야기를 만나면 늘 어깨가 움츠러든다. 마리아 스콜로도프스카의 이야기는 유난히 더 그렇다. 어릴 적 위인전에서 만나 독후감 숙제 속에서 반짝거리기만 했던 퀴리 부인을 평전에서 다시 만나면, 그때는 보이지 않았던 그녀의 안쓰러운 손이 보이고 서글픈 어깨가 보이고 다급한 마음이 보인다. 그리고 그녀를 침착하게 응시하는 그녀의 딸이, 가난한 소녀 마리아 스콜로도프스카와 함께 살았다고 말하는 평전 작가 에브 퀴리가 보인다.

작은 방 안에서 열정을 찾으면…

마리의 가난한 유학생 시절은 극도의 추위와 배고픔으로 한 치 앞도 보이지 않는다. 창백한 얼굴을 하고 얼어버린 손가락으로 방정식을 풀고 있는 여학생에게 가장 좋은 것은 조용하고 긴장된 실험실이었다. 하지만 스스로 세운 엄격한 스파르타식 생활 방식이 그녀를 지독한 열정 안에 가두어 두기만 한 것은 아니었다. 어린 시절 들판을 누비던 시골 소녀는 여유가 있을 때마다 숲으로 달려갔고 그곳에서 초록빛을 찾아 다시 현실에서 나아가는 힘을 얻었다.

소녀만이 홀로 기쁨에 겨워
고독 속에 산다
작은 방안에서 열정을 찾으면
마음은 아득한 대지로 나아간다

마리가 미소를 머금고 당시를 회고하며 읊었던 시 구절에서 보이듯이, 그녀는 어려운 시절이지만 무엇이든 열심히 할 수밖에 없었던 시절을 사랑했다. 아니, 그 시절을 사랑할 수 있었기에 그녀의 빛나는 미래를 불러올 수 있었을 것이다. 작가인 에브 퀴리가 태어나기도 전에 마리는 이미 세상에 그 이름이 충분히 알려져 있었다.

그런데도 작가는 상상 속 마리의 어린 시절에 대해 한껏 당당하게 이야기를 풀어나간다. 어머니에 대한 자부심, 흔들리지 않는 신뢰를 기반으로 하는 글쓰기는 삽입된 일기나 편지 등을 통해서 더 힘을 얻고 있다.

마리와 피에르, 세상에 다시 없을 동반자로

수많은 평전들 안에서 주인공은 운명적인 사랑을 만나고 결혼을 하고 이별을 하지만, 마리와 피에르의 사랑과 결혼은, 그리고 이별은 사뭇 다른 느낌을 준다. 물리학에서 같은 분야에 관심을 갖던 연인은 같은 실험 주제로 갈등 없는 협업을 진행하는 부부로, 연구 결과에 대해서는 늘 '우리'가 했음을 자랑스레 여기던 동료로, 실험실을 벗어나면 자전거를 함께 달리며 숨을 함께 쉬는 친구로 완벽에 가까운 호흡을 자랑한다. 사실 이런 장면들을 써 내리는 딸 에브 퀴리는 아버지와 어머니에 자부심으로 다소 고양된 느낌을 준다. 그럼에도 이 책이 베스트셀러로 자리 잡은 이유를 물을 여지는 없다. 그 업적만으로도 수십 권의 책에 담아내기 어려운 마리 퀴리의 이야기를 최대한 인간적인 측면에서 풀어나가는 시도는 예술적 자질을 지닌 막내딸이 아니었다면 불가능했을지도 모르니까.

에브 퀴리의 평전 안에는 어려운 물리나 화학 이론에 대한 긴 설명이 등장하지 않는다. 그 발견이 얼마나 위대한 것인지 설명하기 위해 긴 지면을 할애하지 않는다. 과학자의 평전을 만나게 되는 독자라면 피해 갈 수 없는 부분이 바로 이런 부분이기도 하지만, 살짝 고마운 생각이 든다. 확실히, 크게 눈썰미가 없더라도 마리 퀴리가 노후에 남긴 피에르의 평전과 비교하면 색감이 다르다는 점은 쉽게 알 수 있다. 하지만 그녀들의 아버지와 남편은 역할이 달랐을 뿐, 같은 사람임에 틀림없다.

위대한 가치, 큰 겸양

에브 퀴리가 평전의 배경색으로 넓게 칠해놓은 것은 위대한 가치와 그보다 더 큰 겸양이다. 피에르에게 과학원 회원이 되는 운이 따라주지는 않았지만 그가 지닌 차고 넘치는 능력에 대한 주변의 시기는 오히려 그 사실을 강하게 인정하고 있다. 필요 이상이라고 여겨질 만큼의 겸양으로 늘 손해를 자초하던 피에르의 모습도 평전 작가의 그림을 채우는 중요한 배경색이 된다. 라듐 발명에 대한 특허권을 포기하고 과학 정신을 지키기를 원했던 부부의 바람이 오히려 담담해 보이는 것은 독자도 이미 천재 부부가 추구했던 가치에 익숙해졌기 때문일지도 모른다. '방사선과 과장 퀴리 부인'이라 적힌 신분증이 정겹기까지 하다.

그리고 어머니

어머니로서의 마담 퀴리는 아이들에 대한 무한한 신뢰를 보여 주고 있어 또 한편 놀라운 면이 있다. 아이들이 운명적으로 지니고 살았을 과학적 재능을 써 주기를 강요하지 않기는 힘들었을 것이다. 그러나 그녀는 피아니스트로, 작가로, 의사로, 어떤 경우에도 의심하지 않았고 딸들의 변덕에 적극적인 지지를 보내주었다. 부모로서 아이들의 자유의지를 존중하며 산다는 것은 실험실의 물질들을 지키는 것 못지않게 어려운 일이었을 것이다.

1919년 9월 3일 마리가 딸들에게
나는 종종 우리 앞에 펼쳐진 미래를 생각한단다. 그리고 너희들이 내게 선사해 준 사랑과 기쁨, 그리고 걱정거리를 생각해 본다. 너희들의 엄마가 된 건 내게 정말 커다란 행운이란다. 앞으로도 오랫동안 너희들과 함께 지낼 수 있으면 좋겠다.

전쟁이 끝나고 마리가 딸들에게 보낸 편지에는 그저 편안하게 미소 짓는 노년의 평범한 어머니의 모습이 비칠 뿐이다. 라듐으로 화상을 입어 딱딱하게 굳어버린 손으로 딸들의 머리카락을 사랑스럽게 쓸어내리는 그저 어머니의 모습으로만.

에브 퀴리가 쓴 마리 퀴리의 평전은 자존심 강한 작가의 고고한 소설 같다. 어떤 순간에도 흔들리지 않는다. 심지어 울지도 웃지도 않는다. 어머니인 마리 퀴리의 삶은 그렇게 써야 한다고 딸 에브 퀴리는 굳게 믿었던 것 같다. 그리고 그 믿음이 틀리지 않았던 것 같다.

- 『마담 퀴리』(이룸, 2006), 추억의 책장을 넘기며

1. 퀴리 부인에 대한 전기와 에브 퀴리의 평전을 비교해 읽고, 느껴지는 차이점
   에 대해 이야기해 보자.

2. 마담 퀴리가 어머니로서 지키고 싶었던 신념은 무엇인지 생각해 보자.

3. 작가인 에브 퀴리가 어머니인 마담 퀴리의 어린 시절에 대해 자신 있게 써
   내려갈 수 있었던 이유는 무엇일까?

제3장

예술가들이 부르는 삶의 노래

예술가들이 부르는
삶의 노래를 기억하며

노래를 부르는 사람들, 그림을 그리는 사람들, 사진을 찍거나 영화를 만드는 사람들. 그런 사람들을 우리는 쉽게 예술가라고 부르며 평범하지 않은 선입견의 옷을 입히곤 한다. 아니나 다를까, 그들의 삶 속을 들여다보면 평범하지 않다. 사소한 일상에 예민하기도 하고, 지극히 정상적인 사회가 고통스럽기도 하다. 사람들 속에 있어야 살 수 있지만 사람들에게서 벗어나기 위해 몸부림친다. 왜 그렇게 힘들어야 했을까 하고 질문을 던지면서도 한편으로는 그 삶을 응원하는 독자가 되어 있다. 응원하는 것은 나와 같은 편이어서 이기보다는, 나와 달라도 그 삶 자체를 그대로 흔들리지 않게 놓아주고 싶은 인정 탓일 것이다.

제3장은 시대를 풍미한 탁월한 예술적 천재들을 만나는 공간이다. 책을 소리 내어 읽어도 혹은 되짚어 반복해 읽어도 이해되지 않는 삶의 장면들은 그냥 그대로 두기로 했다. 내 삶도 어쩌지 못하는데 하물며 예술가들의 삶을 내 해석의 창으로 들이는 것은 능력 밖의 일이므로. 하지만 그들의 그림은 눈부시게 아름답다. 노래는 심장을 두근거리게 한다. 사진은 오랜 추억을 끌어내 슬퍼지게 하고, 영화는 오랜 잔영으로 남는다. 그들이 부르는 노래를 이해할 수는 없지만 어느새 따라 흥얼거리고 있는 나를 발견하게 된다.

채플린,
회색의 시대에 오렌지빛 웃음을 꿈꾸다

인생은 멀리서 보면 희극이고, 가까이서 보면 비극이다.
– 찰리 채플린

천재 영화광 채플린을 자서전에서 만났다. 초반부 채플린의 자서전은 무겁다. 족히 1,000쪽이 넘는 분량도 이려니와 어린 시절부터 가난과 눈물에 잔뜩 적셔 있는 그의 삶은 그 자체로 무겁다. 어린 시절의 추억보다는 어린 시절의 절망을 떠올리게 하는. 그래서 더 이상의 눈물이 남아 있지 않은 그가 선택한 길은 차라리 웃어 보이는 것이었을까? 물론 처음부터 그에게서 유쾌한 삶을 기대하진 않았다.

그러나 채플린의 글은 자기가 하고 싶은 이야기를 담아내는 자서전, 거침없는 그리고 이기적인 자서전이기에 족하다. 채플린이 자서전을 집필하고 있다는 말을 듣고 한 여류 소설가가 '솔직하게 털어놓을 용기를 가졌기를 바란다'고 말한 적이 있었다. 채플린은 그 일을 두고 자신의 섹스라이프를 염두에 둔 것이라고 하였지만, 사실 그렇게만 보이지는 않는다. 채플린은 그의 자서전 안에서 그리 솔직하지도 용기 있어 보이지도 않는다.

한번은 그가 루트비히에게 전기를 쓰는 데 있어 가장 중요하게 생각하는 것이 무엇인지 물었다. 루트비히는 '태도'라고 말한다. 그리고 채플린은 "전기란 저자의 편견이 개입된 설명, 즉 자체검열을 거친 작품"이라고 정리한다. 전기가 한 인물의 이야기를 모두 곧이곧대로 다루는 것은 아니므로. 사실 이야기의 65퍼센트는 다른 사람들이 들려주는 이야기이므로 채플린의 '자기 전기' 또한 이런 식으로 책임을 피해 가는 글쓰기라고 이해하는 편이 나을 것 같다. 채플린이 이야기했듯이, 작가들은 멋진 사람들이지만 마음을 잘 열지 않는다. 그들은 자신들이 알고 있는 것을 좀처럼 다른 사람들에게 들려주지 않는다. 대개 작가들은 자신들이 알고 있는 것을 책에 쓴다. 채플린도 그랬다.

꿈꾸는 몽상가

헐렁한 바지에 꽉 끼는 상의, 작은 중산모에 큼지막한 구두, 콧수염, 지팡이. 전체적으로 부조화스러운 것을 염두에 두고 선택한 차림새는 그의 머릿속에 온갖 희극적인 장면들을 솟구치게 한다.

그냥 궁리를 하며 좋은 작품을 만들기를 바라고 있노라면 어느 순간 좋은 아이디어가 번쩍 하고 떠오른다는 그의 표현에서도 알 수 있지만, 그는 오만한 천재 몽상가였다. 그래서 인생의 비극적 장면 안에서 희극의 요소를 끌어내는 데에도 어색함이 없었다. 눈 덮인 시에라네바다 산맥에서 조난 위기에 처한 사람들이 굶주림과 추위를 견디지 못하고 동료의 시체를 먹고 자신의 신발을 구워먹으며 살아남았던 비참한 장면에서도 어처구니없어 울 수도 웃을 수도 없는 장면을 생각해 낸다. 그가 이렇게 역설적인 웃음에 집착하는 것은 희극 영화를 만들 때 역설적인 것은 비극이 비웃음을 자아내는 경우가 많다는 이유에서였다. 불가항력적인 자연의 힘 앞에서 무기력한 우리 자신을 보고 허망하게 웃지 않으면 우리가 미쳐버릴 것이라는 논리이다.

채플린이 생각하는 유머란 인간의 정상적인 행동에서 분간해 낼 수 있는 행동의 미묘한 불일치 또는 어긋남이다. 유머를 통해 합리적인 것처럼 보이는 행동에서 불합리한 것을 본다. 또 중요한 것처럼 보이는 것에서 중요하지 않은 것을 본다.

채플린의 창작

채플린이 희극의 기본 줄거리를 짜는 방법은 간단하다. 등장인물을 먼저 곤경에 빠뜨린 다음 곤경에서 구해내는 과정의 뼈대에 살을 붙이는 방식이다. 스튜디오에서 그에게 시나리오는 따로 없었고, 아이디어가 하나 떠오르면 그다음은 사건의 흐름을 물 흐르듯이 그대로 따라갈 뿐이었다. 다만 모든 영화의 기획, 제작, 주연을 맡아 온 그에게도 생각하는 연습이 필요했다. 생각하는 것도 바이올린이나 피아노를 치는 것과 같아서 매일 연습하지 않으면 감이 떨어진다고 생각했기 때문이다.

그리고…

웃기려고 한 것인데 보고 있자니 자꾸 눈물이 나는 그의 창작물들이 탄생한다. 그 시절에 관객은 채플린의 노예가 되었고 또 어느 한편으로는 채플린이 관객의 노예가 되기도 하였다.

채플린의 무대

채플린은 카메라 트릭을 좋아하지 않았다. 촬영 중에 카메라를 움직이거나 배우를 따라 카메라가 움직이는 것은 카메라가 연기하는 것이지 배우가 연기라는 게 아니라는 것이 그의 지론이다. 그의 이러한 카메라 기법에 대하여 비평가들은 시대에 뒤떨어진 구식이라 비판하지만, 그는 오히려 〈수퍼맨〉 같은 스펙터클 영화의 제작이나 연출에 일침을 가한다. 연극적 감각이 배어 있지 않은 아이디어는 쓸모가 없다는 것이다. 이런 연극적 감각만 있으면 별다른 효과가 없는 텅 빈 무대에서도 멋진 연기가 나올 수 있다는 부동의 믿음 때문이다.

채플린의 무대 위에서 배우는 아무리 격앙된 장면을 연기하고 있더라도 자신의 내면에서 뿜어져 나오는 감정의 기복을 적절히 다스릴 수 있어야 한다. 냉정하고 침착해야 한다. 연기는 본질적으로 머리로 하는 것이 아니라 가슴으로 하는 것이므로 똑똑한 사람과 아둔한 사람의 구분도 아무런 의미가 없다. 다만 지성과 감성이 제대로 균형을 이룰 때 훌륭한 배우가 될 수 있다. 똑똑하지만 감정이 부족한 배우는 악인 역할에 안성맞춤이지만, 감정만 풍부하고 머리가 없는 배우는 순진무구한 바보의 전형이다. 그래서 채플린의 무대는 깐깐한 인상을 준다. 그의 말이 모두가 맞는 것은 아니지만 그런 고집스러움이 채플린을 만들어낸 뿌리가 되었을 테니 일단은 고개를 끄덕일밖에.

어머니, 어머니

채플린에게 어머니는 다소 무겁다. 가장 아름답고 헌신적이고 애틋한 존재로 만들어두고 싶어 했던 마음은 공감할 수 있지만, 그의 삶 속에서 어머니는 슬프고 안타깝고 그리고 무겁다. 어머니의 갈라지고 잠기는 목소리를 흉내 내 관객들의 환호를 받은 다섯 살의 무대가 어머니에겐 마지막이자 그에게는 인생의 첫 무대였다. 그렇게 애달픈 인연의 끈을 만들어 두고 그의 이야기가 시작된다. 그러나 그의 인생이 세상 밖으로 빛을 발하는 사이사이에도 어머니는 그저 생각하면 안쓰러운 아픈 가족이었다는 인상이 짙다.

당신의 기분이나 행복을 위해서는 달리 아무것도 하지 않았던 어머니, 그런 어머니는 채플린의 어둡고 슬픈 과거를 떠올리게 하는 대표적인 그림이 되었다. 그래서 그런지 그가 어머니에 대해 회고하는 부분은 다분히 담담하고 예의 바르기까지 한 느낌을 준다.

어머니에 대해 있는 그대로 거짓 없이 그렸는지는 자신이 서지 않는다. 물론 어머니가 당신에게 주어진 인생의 무거운 짐을 기꺼이 감수하셨다는 것은 자신 있게 말할 수 있다. 어머니는 항상 친절했고 동정심이 많았다. 타고난 성품이셨겠지만 이것만은 꼭 자랑하고 싶다. 어머니는 신앙심이 투철하셨지만, 죄인들을 사랑했고, 당신 스스로를 죄인으로 여겼다. 그리고 라블레 풍의 야비하고 익살맞은 말을 많이 하셨지만, 이치에서 벗어나는 말은 한 번도 하지 않으셨다. 우리가 지독한 가난으로 비참한 생활을 할 때도 어머니는 우리를 길거리로 내몬 적이 없었다. 어머니는 어떻게든 우리가 가난에 주눅 들지 않고 남다른 인물로 자랄 수 있도록 항상 애쓰셨다.

채플린에게도 어머니는 사는 동안 익은 습관처럼 지키고 싶은 어머니, 뭇사람들이 추억하고 싶은 어머니로 남겨져 있다.

채플린이 만난 사람들

채플린이 지닌 예술적 영감, 풍자의 소재는 모두 시대의 인물들에서 가져오는 경우가 많았다. 그래서 처칠, 간디, 히틀러 같은 인물들도 그의 작품 속으로 들어갈 수 있었다. 이러한 성향으로 인해 채플린은 스스로를 예술가로, 시대를 통합하는 예술가로 인식한 듯싶다. 책의 후반부로 갈수록 그의 오만함과 자부심은 커진다. 심지어 채플린의 초능력이라고까지 일컫게 된다. 물론 그렇게 스스로 꼭대기까지 오르기에 숨이 가쁘다 치면 '우연의 일치'라고 잠시 겸손을 가장하기도 한다.

하지만 그의 자서전 안에 담겨 있는 무수한 인물들을 구경하노라면 아인슈타인과의 교유 대목에서처럼 그의 인간관계에서 막연한 진술이나 과시적인 관계들도 쉽게 찾아볼 수 있다. 이렇게 수많은 인물들이 등장하다 보니 채플린의 자서전은 다른 사람들의 삶에 대하여 지극히 주관적으로 써 내린 짧은 평전들을 모아 놓고 있다는 생각이 들기도 한다. 16세에 만난 첫사랑 마리 도로를 시작으로 18세에 만난 해티와의 서툰 연애, 서툰 결말. 그 후로도 오랫동안 평생의 연인이 된 우나를 만나기까지 채플린의 여인들도 순조롭지는 않았다.

삶도 그러했다. 채플린은 영국인이고 싶지 않았던 영국인이었고, 미국에서 배우로 성공하지만 미국 시민권을 포기해야 했던 인물이었다. 그의 주변에 사람들은 이루 헤아릴 수 없이 많았지만 결국 아무도 남아있지 않았다.

채플린의 글쓰기

채플린은 저자가 자신이 쓴 책에 대해 아무런 감동도 느끼지 못한다면 독자에게도 그런 감동을 기대할 수 없다고 말한다. 그래서 그는 자기가 만든 희극들을 관객보다 더 즐기는 편이라고 목소리를 높인다. 채플린은 누구보다도 자신의 연극을 절대적으로 사랑한 사람이었다. 연극뿐 아니라 그의 모든 창작물에 대해 자부심과 애정이 넘치는 사람이었다는 표현이 더 적절할지 모른다.

채플린의 글쓰기는 수다스럽고 이기적이다. 그러나 자기가 하고 싶은 말을 거침없이 하고, 하고 싶지 않은 말은 독자가 아무리 궁금해해도 하지 않는다. 말 그대로 이기적이지만 철저하게 자신의 글쓰기를 즐기는 사람이다. 그렇게 본다면 진실로 좋은 작가가 되기 위해서는 어떤 방식으로든 자신의 글쓰기를 즐길 줄 알아야 한다는 말로 물길을 댈 수 있지 않을까?

다만 그의 영화는 말이 없다.

아니, 말이 필요 없다.

인생도 그렇다.

굳이 말이 필요 없다…

-『찰리 채플린 나의 자서전』(김영사, 2007)에 대하여

제3장 예술가들이 부르는 삶의 노래

1. 채플린이 희극의 줄거리를 짜는 방법과 유사한 구조를 가진 이야기를 떠올려
   보고, 그런 이야기의 특성은 무엇인지 이야기해 보자.

2. 채플린의 자서전에는 수많은 인물들이 등장한다. 각각의 인물을 묘사하다 보
   면 각 인물의 인생에 대해서도 짧게 녹아있음을 볼 수 있다. 나의 자서전을
   쓸 때, 짧은 전기처럼 묘사하게 될 인물들과 그 특징을 정리해 보자.

3. 채플린은 자신의 일을 즐기는 천재였고 전문가였다. 나의 주변에서 자신의
   일을 진심으로 즐긴다고 생각되는 사람을 떠올리고 그의 특징에 대해 말해
   보자.

어느 예술가의 미친 사랑 이야기

그림 그리는 법을 가르친다는 것은 내가 가지고 있는 지식과 방법을 그들에게 보여주는 것과 같습니다. 다시 말하면 가르치면서 자기의 습관과 방법을 돌아보게 된다는 것입니다. 그 과정에서 새삼스레 저의 습관과 방법을 발견하게 되었습니다. - 『내 영혼의 자서전』 중에서

누구의 삶이 되었든 삶을 이야기하기란 쉽지 않다. 하지만 얼른 생각해 보면, 조금 품이 들긴 하지만, 각자가 자기의 삶에 대하여 이야기한다면 그다지 어려울 것도 없어 보인다. 하지만 이야기가 시작되는 순간부터 추억과 함께 망각도, 미련도, 고통도 함께 밀려든다. 하물며 다른 사람의 삶에 관한 이야기를 해야 한다면 더 말할 것도 없다. 여기엔 무지에 대한 고통, 상상력에 대한 갈증이 수십 배는 더 밀려들 테니까.『빈센트 반 고흐, 내 영혼의 자서전』은 고흐의 자서전이 아니다. 네덜란드 남부의 작은 마을에서 태어난 반 고흐의 삶을 절절하게 읽어낸 이는 평범한 한국인 예술가였다.

비록 그가 반 고흐의 그림으로 박사 논문을 쓰고 있던 준비된 작가라 하더라도 이 책이 일단 주목할 만한 도전이라는 데에는 두말할 여지가 없다.

그림으로 써 내려간 일기장

빈센트의 인생 이야기이기도 하지만 그의 화집이고 해설집이기도 하다. 빈센트 삶의 갈피갈피에 그가 만난 이웃과 연인과 마을 풍경과 고통스러운 내면들이 그림으로 들어 있다. 그래서 그림은 또 다른 방식으로 빈센트의 숨겨진 일기장 역할을 해 주었다.

제가 그림을 그리는 것은 누구에게 보여주려고 하는 것이 아님은 확실합니다. 다만 좋아서 그릴 뿐입니다. 제게 그림은 일기장 같은 것입니다. 그때 그때 보고 느낀 것을 하나하나 색으로 표현한 일기장 같은 것입니다. 일기를 다른 사람에게 보여주기 위해 쓰는 사람은 없겠지요.

인물화에서 느껴지는 생동감을 즐겼던 빈센트는 풍경화 속에도 인물을 그려 넣었다. 그래서 그의 그림 속 인물은 바로 주제가 되고, 자연과 인간은 하나이기에 떨어질 수 없다는 그의 신념으로 남았다. 반 고흐의 삶 속으로 온전히 스며들어간 듯 곳곳에 자리한 그림들도 놀랍지만, 마치 빈센트 자신이 작품 해설을 한 듯 자신감 있게 써 내려간 그림에 대한 해석들도 매우 흥미롭다. 그래서 한국인이 쓴 빈센트의 자서전을 읽으며 그림에 대한 얕은 안목을 배우게 되는 것은 뜻하지 않은 덤이 된다.

평생 동안 해도 배우지 못하는 그림

빈센트는 젊은 시절 성직자의 길을 포기한 후, 그림에 대한 끊임없는 열정을 보인다. 그가 선택했던 스승들에게서도 다 배우지 못한 그의 그림들은 평생 동안 해도 채울 수 없는 갈증과도 같았다.

그림 그리는 법을 가르친다는 것은 내가 가지고 있는 지식과 방법을 그들에게 보여주는 것과 같습니다. 다시 말하면 가르치면서 자기의 습관과 방법을 돌아보게 된다는 것입니다. 그 과정에서 새삼스레 저의 습관과 방법을 발견하게 되었습니다.

그런 그가 평생을 배움에만 목말라했을 뿐 누군가의 스승이 된 적이 없었다는 점은 흥미로우면서도 한편 안타깝다. 하지만 독자의 이런 우려를 예견한 듯 그다운 변명이 남아있다.

그림을 그리는 것은 자기 스스로 해야 하는 매우 개인적인 일이고,

각자의 개성에 따라 보고 느낀 것을 생산하는 작업입니다. 그러기에 기초적인 것 외에 더 배운다면 결국 선생을 모방하거나 무의식적으로 닮아갈 수밖에 없습니다. 다시 말해 선생의 정신적 노예가 될 가능성이 너무 많다는 것입니다. 어떤 의미에서는 어떤 것도 선생에게 배워서는 안 된다는 역설적인 말도 할 수 있습니다.

평생을 해도 맺지 못 하는 일은 수없이 많다. 빈센트에게 있어 그림이 그러하였다면 우리의 평범한 일상에서는 말할 것도 없다. 평생을 해도 다 하지 못하지만 평생을 해야 하는 일, 그것을 찾아내는 일조차 어려운 숙제이므로.

자화상으로 말하는 화가

화가로서 가장 그리기 힘든 그림이 초상화라고 하였다. 그럼에도 그가 초상화를 즐겨 그렸던 것은 사람의 마음을 그릴 수 있기 때문이었다. 하지만 경제적인 이유로 모델을 구하기 어려웠던 그가 선택한 것은 바로 모델비가 들지 않는 '자화상'이었다. 누구든 자화상 그리기를 한 번쯤 시도해 본 사람은 알겠지만, 자화상을 그리는 작업은 무척 당황스럽고도 어려운 일이다. 단순히 보이는 것 이상의, 자기의 속마음이나 욕심마저도 미묘하게 그림 속에 묻어 있게 되기 때문이다. 마치 자서전을 써나가듯 자신을 돌아보는 고통스러운 시간과 마주하게 되기 때문이다.

저는 마음의 변화를 느낄 때마다 예외 없이 자화상을 그렸습니다. 그리고 그 자화상에서 보이지 않는 내면의 저를 수없이 발견하고는 당황해하고 슬퍼하고 고통스러워했습니다. 그래도 그 자체가 저였기에 알면서도 그렇게 그릴 수밖에 없었습니다. 슬프지만 그러한 저를 주신 하나님께 감사하며 희망과 기쁨으로 그렇게 그렸습니다.

빈센트는 일생 동안 36번 이상의 자화상을 그렸다고 한다. 자화상을 그리면서 끝없이 괴로워하고 슬퍼하였지만, 자화상을 그리는 작업은 자신의 존재를 확인해 가는 중요한 과정이었다. 사랑에 빠졌을 때, 사랑에 실패하였을 때, 동료에게 배신을 당했을 때, 죽음을 받아들여야 할 때… 그 모든 순간에 빈센트는 자화상을 남겼고 자화상은 그의 생생한 목소리를 들려주는 기록이 되었다. 그가 인물화에서 느끼는 생동감을 좋아했듯이, 자화상을 그리는 시간은 자신의 가장 인간적인 숨소리를 느끼며 살아있다는 것을 깨닫는 순간이 되었을 법하다. 책 속 곳곳에서 계속 변해가는 빈센트의 자화상을 찾아보는 것도 제법 흥미로운 작업이 된다.

아버지, 아버지, 아버지

많은 자식들에게 아버지에 대한 기억은 늘 마음 한구석 저려오는 미안함으로 남아있다. 빛을 그리는 천재 화가에게도 아버지의 존재는 크게 다르지 않았다.

보리나주에서 흙투성이가 되어 있는 저를 찾아와 당신의 손수건으로 얼굴을 닦아주시던 아버지, 그리고 저의 마른 모습을 보며 건강을 염려해 주시던 애정 깊은 아버지, 시엔과의 일에 불같이 노하시면서도 정성 어린 소포를 보내주시던 가슴이 따스했던 아버지, 이곳 누에넨에서 세탁장을 화실로 개조해 주시고 추울까봐 난로를 지펴주시던 아버지, 어떤 때는 편견과 이기심으로 꽉 찬 위선자 같았던 그 늙은 아버지……

아버지의 표현법은 서툴고 거칠다. 그런 아버지는 사는 동안 늘 서툴고 거칠어 소통하기 어려운 사람으로만 기억되기가 일쑤다. 그런 아버지를 추억하며 빈센트는 아버지의 파이프와 잎담배 주머니를 그려 놓았다. 우리도 다르지 않다. 아버지를 추억하며 떠올리는 것은 친근하게 미소 짓는 편안한 모습이기보다는 아버지가 앉아있던 낡은 의자, 빛바랜 스웨터, 창 낡은 구두 한 켤레이기 쉽다.

빈센트 반 고흐는 평생 동안 가정을 꾸리며 살기를 꿈꾸면서 텅 빈 새 둥지들을 그려왔다. 어떤 여인도 그의 둥지 안으로 들어와 쉬지 못했지만, 꿈꾸는 동안 그의 삶은 빛날 수 있었다.

그리고 그의 생에서 빼놓을 수 없는 술과 방랑, 광기.

빈센트는 미쳤다. 오래된 영혼처럼 그의 안으로 들어가 빈센트인 양 자서전을 써 내린 작가도 빈센트에 미쳤다. 미쳤다는 불만보다는 더 좋은 그림을 창조하기 위해서 아예 미쳐버리기로 했다는 그를 바라보는 내내 미칠 만큼 안타까워지는 것은 온전히 독자들이 감당할 몫이다.

- 『빈센트 반 고흐, 내 영혼의 자서전』(학고재, 2014)을 기억하며

제3장 예술가들이 부르는 삶의 노래

1. 『내 영혼의 자서전』을 '자서전'이라고 말할 수 있을지, 그 이유는 무엇인지 생각해 보자.

2. 빈센트는 그림을 배울 때 기초적인 것 이외에는 더 배워서는 안 된다고 말한다. 이에 대한 나의 생각을 말해 보자.

3. 책 속에서 빈센트가 그린 초상화 중 가장 인상적인 그림을 찾아보고 그림에서 느껴지는 것에 대해 이야기해 보자.

반 고흐, 위대한 유산(2014)

　실화를 바탕으로 각색된 빈센트 반 고흐의 영상에서 그림보다 잘생긴 그를 만날 수 있다. 자신의 재능을 인정받지 못하는 삶에 분노하는 예술가, 진실성과 독창성에 대한 지독한 고집스러움을 지켜 온 화가가 안타까운 모습으로 생을 마감하는 모습을 지켜보게 된다. 영화 안에는 여러 명의 반 고흐가 등장한다. 각각의 반 고흐는 다르지만, 모두가 내면에 같은 반 고흐를 담고 있기에, 미워하면서도 용서하고 외면하려 하지만 돌아서지 못한다.

　영화는 빈센트 반 고흐와 빈센트 빌렘-빈센트 반 고흐의 동생인 테오의 아들- 두 사람의 시점에서 과거와 현재를 오간다. 어둠의 시대를 어둡게 그려내던 반 고흐는 주목받을 수 없었다. 영화는 반 고흐의 광증보다 지독한 외로움에 초점을 맞추고 있다. 보이지 않는 반 고흐와 애증의 줄다리기를 하던 또 다른 반 고흐가 화해를 이루어가는 과정을 눈여겨볼 만하다. BBC가 제작한, 철저하게 사실에 근거한 50분짜리 다큐 영화도 좋다. 묘하게 고흐의 자화상과 어울리는 베네딕트 컴버배치를 만날 수 있다. 또 매 순간순간이 명화 같은 고흐의 생을 만나고 싶다면 〈러빙 빈센트〉만한 것이 없다. 100여 명의 작가들이 수작업으로 완성했다는 영화는 독특하고 아름답다.

　바라볼 수는 있지만 이해할 수는 없었던 그 사람, 반 고흐. 그의 죽음을 둘러싸고 남은 다른 이야기들은 중요하지 않다. 우리에게는 고흐가 살아있던 동안의 시간들이 중요하고 궁금했을 뿐이므로.

서평 비슷한 것

나는 내 작품에 대해서 말하는 것을 좋아하지 않는다. 모든 것은 작품 속에서 말했으니, 그 이상 뭔가 말하는 것은 사족이라고 생각한다. 하지만 간혹 내가 작품 속에서 말했다고 생각하는 것을 관객들이 알아주지 않을 때면, 나도 모르게 설명하고 싶어진다. 그래도 참고 말하지 않는다. 왜냐하면 내가 말한 게 진실이라면, 누군가 분명히 알아주는 이가 있으리라고 믿기 때문이다. -『자서전 비슷한 것』 중에서

우리는 누군가의 자서전을 만나기 전에, 그 사람에 대해 궁금함과 흥미로움 섞인 익숙한 느낌을 가슴 한편에 미리 마련해 두곤 한다. 그래서 자서전이라는 장르는 마치 독자에게 이미 익숙한 얼굴을 하고 있는 필자들이 다소 오만한 어깻짓을 하며 써 내려가는 서사시 같다. 구로사와 아키라는 시대가 낳은 거장 감독이라고는 하지만 나에겐 익숙한 필자는 아니었다. 다만 『자서전 비슷한 것 Something Like an Autobiography』이라는 겸손한 제목이 먼저 눈길을 끌었다.

구로사와의 자서전은 두 살 때 욕실에서 목욕을 하다 욕조가 뒤집혔던 기억으로부터 시작된다. 아주 평범한 듯하지만 필자의 기억이 시작되는 그 시기만큼은 예사롭지 않다. 겁 많고 감성적인 소년 구로사와에게 다치카와 선생님은 오래도록 가슴 저미게 고마운 은사님이었고, 우에쿠사는 끊어질 듯 인연의 끈을 놓지 않는 인생의 오랜 지기지우였다. 그리고 스물여덟의 젊은 나이에 삶을 마감한 형은 구로사와를 영화인의 길로 이끈 일등공신이자 가장 아픈 상처로 남았다.

　　필자의 두 살 시절부터 시작된 이야기는 유소년과 청소년기를 지나는 동안 충분히 즐겁고 애틋하기까지 하다. 심지어는 관동 대지진으로 거리에 널브러진 시신들을 바라보는 참혹한 순간의 이야기를 담아낼 때마저도 필자는 호기심 가득한 눈망울을 하고 모험을 즐기는 순진한 소년의 모습으로 생동감 있게 그려지고 있다.

　　그리고 영화…

　　구로사와에게 영화는 이미 열 살 무렵부터 시작된 인생이었다. 그가 어려서부터 보아온 영화들의 목록만 보더라도 예사롭지는 않다. 필자의 삶을 돌아보는 갈피에 정연하게 정리된 명화의 제목들은 구로사와가 거장 감독으로 남은 이유를 짐작하게 해 준다. 사이사이에 꽂힌 구로사와의 흑백 사진들도 이 자서전이 독자에게 주는 색다른 팁이다. 하지만 무엇보다는 구로사와의 명장다운 자서전 구절들을 예사로 지나치기는 힘들다.

열악한 조건 속에서는 한 시간이 두세 시간처럼 느껴진다. 하지만 열악한 조건 때문에 그렇게 느껴질 뿐, 한 시간의 작업은 한 시간치 작업일 뿐이다. 그다음부터 나는 가혹한 조건을 만나게 되면, 충분하다고 생각이 들어도 그때부터 다시 세 배는 더 버텼다. 그렇게 해야 겨우 만족할 수 있었다.

세상의 일들도 그러하다. 최소한 세 배는 더 버텨야 원하는 것을 가까스로 얻어낼 수 있는 경우가 많다. 아니 솔직히 말하자면, 세 배를 버텨도 얻을 수 없는 경우가 더 많다.

리메이크한 것은 절대로 원작에 미치지 못한다는 사실이 증명되었음에도 불구하고, 여전히 그런 오류를 되풀이하고 있다. 이거야말로 참으로 어리석은 짓이다. 리메이크하는 사람은 원작에 신경을 쓰면서 만든다. 이는 마치 먹다 남은 음식을 재료로 해서 이상한 요리를 만드는 셈이다.

이는 늘 같은 이야기 밖에 써낼 줄 모르는 이 시대의 게으른 필자들에게 일침을 가하는 부분이다. 억지로 짜내는 창작 의욕이 독자를 괴롭게 한다는, 게으른 필자의 한 사람으로서 지극히 아픈 구절이다.

이 책의 중반 이후에는 구로사와의 작품들이 만들어진 과정이

각각의 절박한 창작 스토리를 입고 펼쳐진다. 물론 구로사와 자신이 제작한 영화들 중에 잘된 작품들에 대해서는 어깨 으쓱한 자부심이 보이고, 다소 아쉬운 작품에 대해서는 겸연쩍은 변명이 들리는 것은 피할 수 없다.

〈주정뱅이 천사〉의 주인공을 시작으로 구로사와의 대표적인 남자 배우가 된 미후네의 이야기만 하더라도 그렇다. 미후네가 주연한 영화를 굳이 보지 않더라도 구로사와가 묘사하고 있는 미후네의 이미지는 충분히 강렬하다. 또 그런 미후네의 재능을 알아본 구로사와의 감각도 가히 천재적이라고 어렵지 않게 인정할 수 있다. 하지만 필자는 자신이 미후네를 발견해서 키운 것이 아니라고 말한다. 배우 미후네를 발굴한 것은 센 짱과 야마 상이었고 본인은 그저 미후네로 하여금 배우로서의 재능을 마음껏 발휘하게 했을 뿐이라며 오히려 두어 걸음 물러선다. 한 곡의 멋진 교향곡을 지휘한 지휘자가 돌아서서 객석에 보내는 자부심 어린 머리숙임과도 같다.

배우는 어떤 배역에서 성공하면 그 배역에 묶이는 경향이 있다. 그것은 대개 배우를 쓰는 쪽의 편의와 안이한 생각 때문이지만, 그것만큼 배우에게 불행한 일은 없다. 되풀이해서 판에 박은 듯 같은 역할만 해야 하는 건 견디기 힘든 일이다. 끊임없이 새로운 역할을 맡겨 신선한 과제를 주지 않으면, 배우는 물을 주지 않는 화초처럼 말라버린다.

사람들의 삶도 그렇고 글쓰기도 그러하다. 타성에 젖기 시작하면 벗어나기 두려워지고, 스스로를 일정한 배역 안에 가두고 안주한다. 이렇게 구로사와의 인생에 깊이 들어와 있는 영화는 독자들이 경험하는 인생의 가까이에서 보편적인 삶의 이치를 깨닫게 해준다. 구로사와의 영화 같은 인생을 통해 비추어 주기에 각별한 공감으로 고개를 끄덕이게 된다.

영화 속의 인물들은 모두 살아서 작가 마음대로 되지 않는다. 만일 작가 마음대로 되는 꼭두각시 같은 인물이라면 어떤 매력도 보여주지 못한다.

다른 표현 활동에서도, 글쓰기에서도 다르지 않다. 우리가 나타내고자 의도했던 상황이나 인물들은 받아들이는 이의 입장에서 재구성되기 때문이다. 그래서 필자가 어떤 주제에 대하여 아무리 독자의 구미에 맞는 글을 쓰려고 애를 쓴다 하더라도 독자는 그 노고에 전혀 개의치 않고 각자의 입맛에 맞도록 재해석해 버리고 만다. 여기서 필요한 것이 바로 공감의 코드이다. 구로사와는 자서전 안에서 독자에게 특별한 공감 코드를 요구하지 않는다. 자기의 자리에서 할 수 있는 변명과 공치사, 원망과 고마움을 한데 모아 그저 자서전 비슷한 스토리로 엮어 두었다. 그래서 그의 자서전은 편히 읽히고, 영화로 일관된 삶을 만나면서도 보통 사람들의 삶을 돌아보게 한다. 구로사와의 영화들도 그런 공감 코드로 훗날까지 명작으로 남을 수 있었던 것이 아닐까 싶다. 그가 생각하는 감독의 시선이라는 의미가 그렇듯이,

"무엇을 주시한다는 건 그것에 시선을 고정시키는 것이 아니라, 자연스럽게 그것을 감지하는 것"이므로.

- 『구로사와 아키라, 자서전 비슷한 것』(모비딕, 2014)에 대하여

1. 구로사와 아키라는 인생 최초의 기억을 두 살 때 목욕을 하던 장면으로 떠올린다. 내 인생에서 가장 최초의 기억은 무엇인지 그때의 장면을 떠올려 보고 느낌을 자세히 말해 보자.

2. 내가 열악한 환경에 처했을 때를 떠올려 보자. 언제, 어떤 느낌이 들었고 상황을 어떻게 벗어날 수 있었는지 이야기해 보자.

3. 나의 삶과 사고에 영향을 준 영화를 떠올려 보자. 그 영화에 대해 소개해 보자.

바람 부는 세상에서 꿈꾸는,
바람 같은 노래 이야기

How many roads must a man walk down,

before they call him a man

How many seas must a white dove sail,

before she sleeps in the sand

How many times must the cannonballs fly,

before they are forever banned

The answer, my friend, is blowing in the wind

The answer is blowing in the wind

남자라고 불리기까지 그는 얼마나 먼 길을 걸어왔나.

모래에 잠들기까지 흰 비둘기는 얼마나 많은 바다를 건너왔나.

그것이 영원히 금지되기까지 얼마나 많은 포탄이 날아다녀야 할까.

친구여, 대답은 불어오는 바람 속에 있다네.

대답은 불어오는 바람 속에 들려온다네.

- 'Blowing In The Wind'(필자 역) 중에서

'바람만이 아는 대답Blowing In The Wind'이라는 제목은 밥 딜런Bob Dylan이 지은, 아주 단조로운 음률의 동명의 곡에서 유래한다. 바람 부는 세상을 산책하듯 편안하게 불러 내린, 솔직히, 몇 번 반복해 들어도 별다른 감흥을 느끼기 힘든 곡이었다. 노벨상 앞에서도 그리 겸손하게 보이지 않았던 그를 궁금해하며 소심하게 만나러 가는 방법은 그의 자서전을 들추어 보는 것이었다. 누군가 어떻게 살아왔는지를 묻기 위해서는 스스로의 삶을 어떻게 서술하고 있는지를 찾아보는 것이 가장 먼저 할 일이 될 것이므로. 그래서 어쩌면 그가 지은 천여 곡의 노래 가사는 그가 엮은 삶의 이야기 속에서 훨씬 쉽게 이해할 수 있지 않을까 하는 기대를 저버릴 수 없었으므로.

사실, 밥 딜런의 인생에서 처음부터 작사가 각본에 들어있었던 것은 아니었다. 그의 말처럼 어느 날 잠에서 깨어 노래를 써야겠다고 결심하게 되지는 않기 때문이다. 다만 자신에게 일어났고 자신이 보았던 이상한 일들에 대해 이야기하기를 원하고, 그러기 위해 그것을 이해해야 하고 고유의 언어로 나타내야 할 때, 그는 노래를 만드는 작업을 선택했다. 그리고 그 안에 절실함을 담았다. 여기에 더하여, 생각보다 폭넓고 고집스러운 밥 딜런의 독서력은 그를 다시 보게 하는 부분이었다. 누구든 도서관의 책을 모두 볼 수는 없는 노릇이다. 그는 스스로 긴 시를 읽는 훈련을 하고 포크너의 어려운 소설을 읽어가면서 안으로, 안으로 글쓰기를 단련시킨다. 그래서 휘트먼이 살던 건물 앞에서도, 포우가 살던 집 밖에서도 쉽게 경건해지는 그의 모습은 크게 낯설지 않다. 그는 스스로 상황과 아이디어를 압축시키는 법을 배워가고 마침내 상황을 제대로 이해할 수 있게 되었을 때, 그것을 다시 노래의 한 단락이나 한 행으로 바꾸어 갔다. 그렇게 그는 책을 통해 세상을 향하는 설레는 꿈을 꾸면서, 그 꿈을 다시 포크 발라드로 재현하고 있었는지도 모른다.

그의 사소해 보이는 일상에서도 숨길 수 없는 문학적 감성은 곳곳에 드러난다. 뉴욕시에서 그가 남긴 문장들을 대하다 보면 무언가 새롭고 비장한 소설 한 편이 시작될 것만 같다.

나는 허드슨에서 스프링으로 가면서 벽돌과 쓰레기 깡통이 쌓인 곳을 지나 커피숍으로 들어갔다. 카운터의 웨이트리스는 몸에 꼭 맞는 스웨이드 블라우스를 입고 있었다. 통통하게 살찐 몸의 곡선이 그대로 드러나 보였다. 그녀는 담청색 머리에 스카프를 쓰고 있었는데 날카로운 푸른 눈을 가지고 있었고 눈썹이 아주 또렷했다. 나는 그녀가 내게 장미꽃을 달아주었으면 싶었다. 그녀는 뜨거운 김이 나는 커피를 따랐고 나는 등을 돌린 채 길거리로 난 창문을 향해 앉았다. 도시 전체가 내 앞에서 흔들리고 있었고, 나는 모든 것에 대해 선명한 생각을 가지고 있었다. 미래는 걱정할 게 없었다. 그것은 아주 가까이 있었다.

제3장 예술가들이 부르는 삶의 노래

그의 자서전 곳곳에서 이런 정도의 감수성은 어렵지 않게 만날 수 있다. 오두막에서 선파이를 만나 대화를 나누거나 배경을 묘사한 장면은 영화의 한 장면으로서도 손색이 없어 보인다. 그가 한 사람 한 사람씩 언급하고 있는 수많은 인물들은 한결같이 진지하고 의미 깊게 다루어지고 있다. 하지만 감각 어두운 이방인 독자 입장에서는 공감하기 어려운 작가의 천재적 감수성이라 여기고 책장을 넘기는 편이 훨씬 편리한 독서법이 될는지도 모르겠다. 그래서인지 밥 딜런의 자서전에서 독자를 배려한다는 느낌은 쉽게 들지 않는다. 이야기의 배열도 마음대로, 소재도 마음대로, 그저 자기가 하고 싶은 이야기들을 하고 싶은 만큼 책 속에 담아내고 있다는 인상을 준다. 그래서 책 속에서는 다른 작가의 자전적 글들에서 익숙하게 찾아볼 수 있는 마음 저리는 사랑 이야기도, 쓰디쓴 실패를 딛고 일어선 이야기도 좀처럼 마주치기 어렵다. 독자가 삶의 어떤 부분을 궁금해 할 지, 어떤 장면이 자서전에서 가장 빛나는 부분이어야 할 것인지는 작가에게 전혀 중요해 보이지 않는다. 아니 그런 기대를 가지고 책을 펼친 독자들은 어느 순간부터 그런 마음을 비워내야 조금은 수월하게 그의 삶과 만날 수 있다.

노벨상 시상식장에 모습을 나타내지 않은 그를 이해하는 것도 비슷한 맥락에서 설명할 수 있을는지도 모르겠다. 그의 삶에 대한 글쓰기 갈피에서 무심코 비치는 때로는 겸손하기도 하고 때로는 지나치게 솔직하기도 한 장면을 만나게 되면 그러하다. 한 포크

페스티벌에서 "자 여기 그가 있습니다. (…) 그를 가지세요, 여러분은 그를 잘 압니다. 그는 여러분의 것입니다."라고 진행자가 소개한 후 그가 심하게 투덜거린 적이 있었기 때문이다. 프린스턴에서 명예 박사학위를 받았을 때, 사회자로부터 젊은 아메리카의 양심으로 소개되었을 때에도 충격과 배신에 몸을 떨었던 결벽주의자였기 때문이다.

무슨 미친 소리인가! 나라는 사람은 그때나 지금이나 누구에게 속해본 일이 없다. 내게는 이 세상 누구보다도 사랑하는 아내와 아이들이 있었다. 나는 그들을 지키고 먹여 살리기 위해 노력하고 있었는데 잘난 체하는 인간들이 언론에서 나를 대변자라느니 심지어 시대의 양심이라느니 하면서 사람들을 속이고 있었다. 웃기는 일이었다. 내가 한 일이라곤 새로운 현실을 있는 그대로, 솔직하고 강하게 표현하는 노래를 부른 것뿐이었다. 나는 내가 대변하게 되어 있다는 세대와 공통적인 것이 별로 없고 잘 알지도 못했다. 불과 10년 전에 고향을 떠났고 누구에게도 큰 소리로 내 의견을 외친 일이 없었다. 앞날의 내 운명은 삶이 인도하는 대로 가게 되어 있었고, 무슨 문명을 대표하는 일과는 아무런 상관이 없었다. 솔직히 이런 상황이었다. 나는 하멜른의 피리 부는 사나이보다는 목동에 가까웠다.

스스로를 하멜른의 피리 부는 사나이가 아니라 그저 피리 부는

제3장 예술가들이 부르는 삶의 노래

목동에 비유한 대목은 그의 자서전을 통해 가장 빛나는 부분이 아닐까 한다. 시대는 피리 부는 사나이를 원하고, 많은 사람들이 스스로 피리 부는 사나이가 되기를 원한다. 그럼에도 피리 부는 사나이는 그저 전설일 뿐, 사람들은 목동을 피리 부는 사나이로 믿고 싶어 하는 까닭이다.

다양한 삶을 담은 자서전을 만날 때마다 주인공의 삶 속에서 무심한 듯, 잊고 있던 상처처럼 빠지지 않고 떠오르는 대상은 역시 아버지다. 밥 딜런에게 있어 아버지도 나이 들어가며 공통점을 갖게 되지만, 서로에게 아무것도 해 줄 수 없는 사이가 되는 쓸쓸한 사람으로 묘사되고 있다.

아버지는 사물을 보는 나름대로의 방식을 가지고 있었다. 아버지에게 인생은 괴롭고 힘들었다. 아버지는 다른 가치관과 영웅들과 음악을 가진 세대에 태어났고, 진실은 누구든 자유롭게 한다는 것을 확신하지 못했다. 그는 실용적인 사람이었고 언제나 간결한 충고를 했다. (…) 아버지는 세상에서 최고의 남자였고 나보다 백 배나 더 가치 있는 사람이었을 수도 있었다. 그런데 아버지는 나를 이해하지 못했다. 아버지가 살던 마을과 내가 살던 마을이 같지 않았다. 변한 것은 우리가 공통점을 더 가졌다는 것이다. 나도 세 아이의 아버지가 되어 있었다. 아버지에게 말하고 싶고 함께 하고 싶었던 것들이 많았다. 그리고 이제 아버지에게 해 드릴 수 있는 입장이었다.

많은 작가들의 자서전 안에서 많은 아버지들은 자식을 이해하지 못하고, 그런데도 결국 자식과 너무 닮아 있어 슬픈 존재로 남아 있곤 한다. 세상에서 최고의 남자라고 말하고 있지만, 그에게 최고의 남자일 수는 없었던 아버지도 크게 다르지 않았다.

인생 이야기에서 빼놓을 수 없는 백미는 사랑 이야기다. 그런데 밥 딜런에게 사랑은 그리 비장하지도 애틋하지 않고 다만 익숙하고 미더운 아내의 모습으로만 그려져 있다.

아내가 옆에 있어서 다행이었다. 이런 때 같은 것을 원하고 솔직하게 터놓고 대할 수 있는 사람과 함께 있다는 것은 행복한 일이다. 아내는 내가 비참한 구덩이에 빠진 것이 아니라고 느끼게 하는 사람이었다. 어느 날 아내가 낀 금속제 선글라스에 조그맣게 비춰진 내 모습을 보았다. 그리고 모든 것이 얼마나 작아졌는지를 생각했다. (…) 아내에게서 내가 늘 좋아하는 점은, 누군가 다른 사람이 자신의 행복에 대한 답이라고 생각하는 사람들과 다르다는 것이었다. 그 대상이 나거나 그밖의 누구든 아내는 항상 그녀 자신의 타고난 행복을 가지고 있었다. 나는 아내의 의견을 존중했고 아내를 믿었다.

책 전반을 통해 스며있는 그의 가족 사랑은 아내에 대한 믿음처럼 확고하다. 그래서 그가 보여주는 창작의 가장 큰 원동력은 가족이었으리라는 데에 의심의 여지가 없다.

만물은 밤에 자라고 나의 상상력은 밤에 더욱 나래를 편다. 사물에 대한 편견이 사라지고 엉뚱한 곳에서 천국을 찾을 수 있다. 가끔 천국은 발밑에 혹은 침대에 있을 수 있다.

밥 딜런의 천국은 그렇게 그의 사소한 일상 속에서 상상력의 싹을 틔우고 창작의 줄기를 뻗으며 독자적인 음악의 숲을 이루어 갔던 모양이다. 그리고 이따금 바람이 불면 또 바람 닮은 노래를 부르면서 숲속을 산책했던 모양이다. 세월이 가면서 한때의 노래는 사라질 수도 있다. 하지만 그가 고전 포크송을 들으며 느꼈던 것처럼 새로운 버전은 항상 그 곡을 다시 느끼게 한다. 그의 곡들도 그렇게 오래오래 사람들의 느낌으로 전해지기를 바라는 마음으로 남게 되었다.

- 『밥 딜런 자서전, 바람만이 아는 대답』(문학세계사, 2016)에 대답하기

1. 밥 딜런의 노래, '바람만이 아는 대답'을 감상하며 그가 인생을 바라보는 시각에 대해 생각해 보자.

2. 노래를 만드는 그가 왜 독서에 열중하며 시간을 투자했을지 생각해 보자.

3. 그가 말하는 '하멜른의 피리 부는 사나이'와 '목동'은 어떤 차이가 있는지 이야기해 보자.

아임 낫 데어(2007)
I'm Not There

밥 딜런의 삶과 음악에서 영감을 받아 만들어졌다는 이 영화는 다른 영화들과 달리, 한 걸음 물러서서, 스토리에 대한 집착을 내려놓고 최대한 생각이 적은 상태에서 보아야 하는 영화라 말하고 싶다. 처음에 등장하는 흑인 소년 우디가 밥 딜런의 소년 시절을 보여주고 있다는 것쯤은 쉽게 짐작할 수 있다. 그러나 다분히 반항적인 7명의 밥 딜런 같은 주인공들은 어딘가 닮아 있으면서도 서로 만나지지 않는다. 다만 후반에 빌리를 연기하는 노년의 리처드 기어를 만날 수 있는 것은 뜻하지 않은 덤이다.

나는 하루 중에도 변할 수 있다.

잠을 자는 것은 다른 사람이 되기 위해서다.

밥 딜런 안에는 각기 다른 여러 밥 딜런이 들어 있어서 이렇게 일곱 명의 주인공이 등장하는 영화를 만들었다는 발상 자체가 재미있다. 내 안에는 어떤 사람이, 그리고 얼마나 많은 사람들이 들어있을지 생각해 보면서 영화를 들여다본다면 또 다른 재미를 느낄 수 있을지도 모르겠다.

'자화상'을 보며 떠올리는 자화상

나는 내가 쓴 글을 읽는 사람들에게 즐거움을 주기 위해 글을
쓰지 않지만 그들이 그렇게 느낄 경우 불쾌해 하지 않을 것이다.
-『자화상』 중에서

누군가의 자화상을 보면서 그 사람의 삶을 상상하게 되는 것은
익숙한 일이다. 화폭에 나타나는 인물의 생김새나 표정, 혹은 배경
같은 것들이 그 사람의 인생을 단면처럼 잘라서 보여준다는 생각
이 들기 때문이다. 에두아르 르베Edouard Leve의 자화상은 조금 색
다르다. 담담한 모양들로 조각조각 잘라낸 것 같은 문장들은 그저
내키는 대로 줄을 서 있기도 하다가, 때로는 무심하게 툭 튀어나
오기도 하면서 작가 자신에 대한 이야기로 이어진다. 사람들마다
생긴 모습이 다른 것처럼 글 쓰는 방식도 다르겠지만 에두아르의
방식은 그의 직업과 상당히 닮아있다.

　　　　　　　　제3장 예술가들이 부르는 삶의 노래

나는 내게 무엇이 부족한지 모른다. 내 경우 무언가를 바꾸고자 하는 욕망이 그것에 대한 내 인식을 바꾸고자 하는 욕망보다 작다. 나는 뭔가를 바꾸고자 하는 진짜 욕망이 없기에 사진을 찍는다.

음악, 미술, 건축, 무용, 연극, 영화 없이는 살 수 있지만 사진 없이 사는 건 어렵고, 문학 없이는 살 수 없다.

삶에서 주어진 무언가를 바꾸기보다는 삶을 바라보는 시각을 달리하려 했던 그가 선택한 운명은 사진이었다. 눈앞에 있는 현실은 인간의 힘으로 바꿀 수 없지만, 그것을 해석하고 받아들이는 모습은 얼마든지 다르게 선택할 수 있는 것이 인간의 특권이라는 점을 일찌감치 깨달은 여유로움이다. 어찌 해도 바뀌지 않을 삶을 바꾸어 담는 방법은 사진이다. 그리고 문학이다. 그래서 에두아르에게 사진과 문학은 그대로 살아가는 방법이 되었다. 삶을 사진이나 문학으로 바꾸어 담는 동안, 보이지 않던 색깔이 드러나고 시야에 없던 긴 음영이 자리를 잡게 되기도 한다. 생각해 보면 우리가 사는 날들을 그려낸다 해도 그것과 다르지 않을 것 같다. 자기가 보기 좋은 각도에서 한 장의 사진을 찍어 내는 것과 같다. 그저 편한 자리에 걸터앉아 한 장의 메모를 끄적이는 것과 같다. 그래서 에두아르의 자화상은 사진과 문학의 중간쯤에 자리 잡고 있다.

자화상 안의 장면 장면들 속에서 숨 쉴 틈 없이 카메라의 셔터가 찰칵거린다.

#1 단상

작가의 렌즈에 초점으로 잡히는 장면들은 특별하지 않다. 창밖을 바라보듯 일상적이고 편안한 소파에 기대앉듯이 사소하다.

작은 격자창이 있는 창문에서 내 눈은 풍경보다 나무 프레임을 더 본다. 커다란 통유리로 된 전망창 앞에서 내 눈은 풍경만을 본다.

나는 길에서 왼손에 코카콜라 캔을 들고 시계를 확인하다 일부를 바지에 쏟았는데 마침 아무도 보지 못했고, 그 얘기는 아무에게도 하지 않았다.

독서를 할 때 내가 선호하는 자세는 누워서, 안락의자에 앉아서, 소파에 앉아서, 책상에 앉아서, 서서 순이다.

열여덟 살 때 내가 역사 수업 시간에 늦게 나타나자 선생님은 나를 직접 야단치지는 않았지만 모두에게 "청소년 시절에 늦게 도착하는 사람은 평생 늦게 도착하죠."라고 말했다.

특별한 기교 없이 간단한 문장 몇 마디만으로 작가는 독자 앞에 익숙한 포즈를 취하는 모델이 된다. 독자도 언젠가 한번쯤 만나본 적이 있었던 것 같은 사진 컷 속에서 뜻하지 않게 독자 자신을 바라보게 되기도 한다. 그래서 에두아르는 이런 자만함을 내비치고 있었는지도 모르겠다.

나는 내가 쓴 글을 읽는 사람들에게 즐거움을 주기 위해 글을 쓰지 않지만 그들이 그렇게 느낄 경우 불쾌해 하지 않을 것이다.

작가의 자화상과 마주하고 있는 동안 그리 즐겁다는 생각은 들지 않는다. 에두아르는 미묘한 문체로 독자가 즐거워할 것이라고 자만하고 있지만, 그건 즐거움과는 사뭇 다르다. 살면서 잊고 지냈던 장면들을 다시 떠올린다고 해서 반드시 즐겁다는 보장은 없으니까. 그저 천재 사진작가의 일상과 독자의 평범한 일상이 만나는 부분에서 잠시 반가울 수는 있을 것이다.

#2 드레스

에두아르의 자화상 속에서는 특이한 드레스 룸을 만날 수 있다. 고집스럽지만 깔끔하게 정돈된 드레스룸을 구경하고 있노라면 어느샌가 청바지에 검은 셔츠, 가죽 재킷을 걸친 작가가 눈앞에 서 있다.

나는 청바지가 스무 벌 정도 있다. 나는 검은 색 가죽 옥스퍼드 신발이 몇 켤레 있다. 나는 검은 색 셔츠가 몇 벌 있다. 나는 검은 색 가죽 재킷이 몇 벌 있다. 나는 검은 색 양말이 몇 켤레 있다. 나는 검은 색 팬티가 몇 벌 있다. 나는 진 재킷이 몇 벌 있다. 나를 잘 모르는 사람들은 내가 항상 같은 셔츠와 청바지를 입는다고 생각한다.

나는 바지 육십 벌, 셔츠 마흔 벌, 재킷 또는 외투 열여덟 벌, 양말 스물다섯 켤레가 있는데 그것들로 108만 가지 차림을 할 수 있다.

나는 열네 살 때부터 리바이스 501을 입었는데, 할머니 집에서 카우보이에 대한 연재 만화를 읽으면서 그 생각을 했지만 그런 청바지를 찾기까지는 4년을 기다려야 했다.

옷은 그 사람을 표현한다고 했던가. 에두아르는 무심한 듯 섬세하고, 투박한 듯 까다롭다. 그의 검은색 신발과 재킷들은 언뜻 보아선 모르겠지만 같은 것들은 하나도 없다. 독자들은 말해주지 않아도 그 사실을 너무도 잘 알고 있을 것이다. 어릴 적, 어머니의 눈에는 똑같이 보이는 청바지를 사들이며 매번 들어왔던 익숙한 잔소리를 떠올리긴 어렵지 않을 테니까.

#3 사랑

죽기 전에, 평생 동안 가져왔던 자신의 사랑에 대한 생각을 몇 줄로 정리한다면 어떤 말을 쓸 수 있을까. 에두아르의 생각을 읽으면서 이렇게 몇 마디를 남기는 것도 괜찮을 듯싶었다.

내가 어머니에게 사랑한다고 말하는 것은 무척 어려웠고, 서른다섯이 되어서야 그 말을 할 수 있었다. 어머니는 내가 서른아홉 살 때 나를 사랑한다고 말했다. 아니면, 그 전에 말했는데 내가 잊어버렸는지도 모른다. 나는 서른다섯에 우울해 자살을 생각했을 때 아버지에게 사랑한다고 말했는데, 그 말을 하지 않고 죽는 것은 부끄러울 것이라고 생각했다. 나는 형에게 사랑한다고 말하지 않았다. 나는 할머니에게 사랑한다고 말하지 않았다. 나는 다섯 여자에게 사랑한다고 말했는데 네 명의 경우는 사실이었다.

자화상 속에서 희끗희끗 비치는 에두아르의 사랑법은 그리 진지하지도 애틋하지도 않다. 그렇다고 해서 그가 평생 동안 진지하거나 애틋한 사랑을 해 보지 않은 것은 아닐 것이다. 그저 그가 한껏 멋을 내어 청바지에 가죽 재킷을 입고 데이트 장소에 나타난 모습이 작업실에서 무심하게 걸치고 있던 청바지에 가죽 재킷과 크게 달라 보이지 않는 것과 같은 맥락일 지도 모른다. 그가 끝내

사랑한다고 말하지 못한 형과 할머니, 그리고 한 여자는 그에게
두 번째 생이 주어진다고 해도 사랑한다는 말을 들을 수 있을 것
같지는 않다. 독자가 짐작하듯이 사람이든 사랑이든 쉽게 변하지
않기 때문이다.

#4 죽음

사람들이 평생 동안 갖는 궁금증 중에 하나는 죽음에 관한 것이
다. 다소 이른 나이에 생을 놓아버린 에두아르도 크게 다르지 않
았다.

나는 내가 어디에서 죽을지 궁금하다.
같은 삶을 두 번 살면 완벽하게 행복하겠지만, 세 번째는 그렇지 않을
것이다.

나는 몽파르나스의 내 개인 묘지에 묻힐 수 있기를 바란다. 나는 내
생년월일과 예상되는 사망일 2050년 12월 31일이 들어간 미래의
묘비를 예술 작품으로 만드는 데 도움을 줄 것을 문화부 장관에게
요청하고 싶다.

나는 내 묘비에 "곧 봐요."라는 비문이 새겨졌으면 한다.

내가 언제 죽든 열다섯 살은 내 인생의 중간이다. 나는 삶 후의 삶은 있지만 죽음 후의 죽음은 없다고 믿는다. 나는 나를 사랑하는지 묻지 않는다. 나는 단 한 번 거짓말을 하지 않고 "나는 죽어가고 있어요."라고 말할 수 있다. 내 인생 최고의 날은 이미 지나갔을 수도 있다.

작가 에두아르는 마흔두 살의 나이에 『자살』이라는 작품을 남기고 자살한다. 인생은 그렇게 숨 막히게 흥미롭지도, 절망할 만큼 서글프지도 않고, 그저 같은 생을 다시 산다면 행복할 수 있을 것처럼 아련하게 그리울 뿐이다. 죽음 후의 죽음은 없다고 말하고 있지만 죽음 후의 삶이 다시 남아있다고 믿고 있을 뿐이다.

누군가의 자서전을 읽으면서 그 안에서 주인공의 죽음을 바로 만나게 되기를 원하지는 않는다. 익숙한 옛이야기처럼 그 후로 오래도록 행복하게 잘 살았다는 이야기를 기대하는 것은 아니지만, 그래도 독자가 상상할 수 있을 만큼의 삶이 남아있기를 바라는 것은 인지상정이다. 하지만 에두아르처럼 그것이 남아있지 않기에 전해 오는 묵직한 울림도 있다. 삶이 무미하고 사랑도 시들한 어느 날 즈음, 에두아르처럼 이렇게 무심하게 카메라의 셔터를 누르듯, 내 삶에 대한, 내 사랑에 대한 글쓰기를 해 보는 건 어떨까.

- 『자화상』(은행나무. 2015)에 대한 잔상

1. 에두아르 르베는 사진작가였다. 그의 자서전을 읽고 나서 그가 남긴 사진들은 어떤 느낌을 줄 것 같은지 이야기해 보자.

2. 에두아르는 자서전에서 마치 사진을 찍듯이 자신의 삶의 장면들을 글로 담아 내고 있다. 나의 자서전을 쓴다면 담고 싶은 일상의 장면들을 뽑아보고 에두 아르처럼 무심하게 표현해 보자.

3. 청색과 검은색으로 일관된 에두아르의 드레스룸을 상상해 보자. 그리고 나의 드레스룸은 어떻게 설명할 수 있을지 떠올리고 이야기해 보자.

제4장

천재들이 사는 이야기

천재들의
이야기를 꾸리며

이번 장에서는 수다스러운 천재들의 이야기에 귀를 기울여 보려고 한다. 천재들은 아는 것이 많으니 생각이 많고 할 말도 많을 것이다. 그 이야기들을 가만히 듣고 있자면 나는 굉장히 무식한 사람이 되어가는 것 같다. 그래도 나는 왜 이 사람들의 말을 알아들을 수 없을까 자책하는 데에 시간을 쓰기보다는 이 사람들이 이런 어려운 일에 몰두하게 되는 과정을 최대한 즐겨보려고 한다. 나는 최소한 그 어려운 일들에 대해 고민하거나 결정하지 않아도 되니 한 걸음 물러나 팔짱을 끼고 구경만 하면 된다는 얕은 안도감과 함께.

가끔은 그들의 뛰어난 두뇌에서 나오는 생각들 중에서 가장 겸손한 독자의 그것과 비슷한 형상들을 찾게 되기도 할 것이다. 나도 그랬으니까.

그들의 괴팍한 성질 때문에 안타까워하면서도 그 괴팍함이 왠지 낯설지 않다는 느낌도 갖게 될 것이다. 나도 그랬으니까.

융복합 천재,
'스티브 잡스'와 밀당하기

나는 매일 아침이면 거울을 들여다보며 스스로에게 묻곤 했다.
'만약 오늘이 내 삶의 마지막 날이라면 오늘 내가 하려고 했던 일
을 하고 싶어 할까?'라고. - 스티브 잡스

이 책은 스티브 잡스Steve Jobs가 삶의 의욕이 충만하여 한껏 오만
하던 시절부터 치밀하게 출판의 물밑 작업이 시작되었던 책이다.
900쪽에 가까운 책장 갈피에서 그를 만나는 내내 그의 무례함에
불쾌해하고, 이기적인 모습에 분노하고, 고집스러움에 두 손 두 발
을 다 들어야 했다. 책 속에서 스티브 잡스를 만나는 동안 괴팍한
천재의 현실 왜곡장에서 내내 밀당을 해야 했다. 그럼에도 작가
월터 아이작슨Walter Isaacson은 고도의 괴팍함으로 연마된 잡스가 인
문학과 과학기술의 교차점에서 절대 길을 잃지 않는, 융합적 인재
의 전형이었음을 끈기 있게 증명하고 있었다.

현실 왜곡장 안에서 산다는 것

주인공을 주변의 삶과 끊임없이 부딪치도록 만드는 것은 그의 현실 왜곡장이었다. 그의 독선과 고집을 둘러싸고 있는 현실 왜곡장은 주위 사람들을 거의 미치게 만들지만, 결과적으로 그것은 사람들에게 동기를 부여하는 측면으로 남게 된다. 이야기를 조금 더 큰 범위에서 쉽게 풀어내자면, 잡스는 자신이 만들어 놓은 현실 왜곡장으로 인해 정상적인 사고와 삶에 적응하기 힘든 인물이었다. 잡스가 집안에 세탁기 하나를 들여놓기까지의 과정에 대한 설명 하나로도 그의 삶에 둘러진 강철 같은 고집이 들여다보인다.

미국인들은 세탁기와 건조기를 잘 만들지 못한다는 결론을 내렸어요. 유럽인들이 훨씬 더 잘 만들지요. 다만 세탁하는 데 시간이 두 배가 더 걸려요! 유럽 세탁기는 미국 세탁기가 사용하는 물의 4분의 1만 사용하고, 세탁 후 옷에 남는 세제도 훨씬 적지요. 가장 중요한 건 옷을 훼손하지 않는다는 점이에요. 세제와 물을 훨씬 덜 쓰지만, 세탁이 끝나면 옷이 훨씬 더 깨끗하고 부드럽고 오래간다는 겁니다. 우리 가족은 어떤 트레이드오프를 취해야 할 것인가를 놓고 많은 대화를 나눴습니다. 디자인에 대해서뿐 아니라 우리 가족이 추구하는 가치에 대해서도 많은 이야기를 나눴어요. 세탁을 한 시간 혹은 한 시간 반 만에 하는 게 가장 중요한가? 아니면 세탁된 옷이 더 부드럽고 오래가는 게 중요한가? 또 물을 4분의 1로 사용하는 건 우리에게 어떤 중요성을 갖는가? 우리는 대략 2주 동안 매일 저녁 식사 자리에서 이 문제를 놓고 이야기를 나눴지요.

모든 것을 이분법적으로 보려는 그의 성향에 따르면, 모든 사람은 영웅 아니면 머저리였고, 제품은 경이롭지 않으면 쓰레기였다. 그러니 그가 살기 위해 선택해야 했던 세탁기 같은 사소한 일상들은 뜻하지 않게 그를 난처하게 만들곤 했던 것이다.

프레젠테이션에 대한 쓴소리

잡스가 애플에 복귀하고 제품을 검토하는 기간에 제일 먼저 한 일은 파워포인트 사용을 금지한 것이었다.

머리를 써서 생각하지는 않고 슬라이드 프레젠테이션을 하는 것에 저는 반대합니다. 프레젠테이션 가지고는 문제가 해결되지 않습니다. 오히려 문제가 더 생기지요. 슬라이드만 잔뜩 들이대기 보다는 적극적으로 참여하고 끈질기게 논의해서 결론을 내고, 그래야 하는 것 아닙니까. 자신이 말하는 내용을 장악하고 있는 사람에겐 파워포인트 같은 게 필요 없습니다.

그래서 컴퓨터에 관심이 없는 사람이라도 잡스의 얘기를 듣다 보면 그의 컴퓨터가 아닌, 그의 열정에 매료될 수밖에 없었다. 그럼에도 불구하고 잡스의 프레젠테이션에 대한 열정은 대단했다. 매번 신제품을 출시할 때마다 마치 한 편의 블록버스터 영화 시사회를 보는 것처럼 임팩트 있는 장면을 연출해 내었다. 그는 짧은 시간 안에 대중의 시선을 강렬하게 사로잡기 위해 늘 인상적인 프레젠테이션에 대해 고민했고, 백 번 넘게 연습을 할 때도 있었다. 대중에게 환호받지 못하는 프레젠테이션은 잡스에게 아무런 의미가 없었다. 그래서 틀에 박힌 프레젠테이션에 진저리를 치며, 그는 이렇게 쓴소리를 하고 있었는지도 모른다.

'제대로 보여주지 못할 거라면 집어치우라'고.

잡스의 연설, 미니멀리즘의 매력

제품을 시연하는 경우가 아니면 연설하는 법이 없던 잡스가 유일하게 남긴 스탠퍼드대학의 졸업식 연설을 보면, 그의 스타일에서 기교적인 미니멀리즘을 고스란히 느낄 수 있다. 연설을 시작하는 가장 좋은 방법으로 자신의 이야기를 들려주는 방법을 선택했다. 그가 들려주는 세 가지 이야기 안에는 그의 인생이 세월처럼 흐르고, 그리 특별할 것 없는 문구가 애플의 제품 디자인처럼 반짝이고 있다. 그리고 그가 들려준 "메멘토 모리('당신도 죽는다는 것을 잊지 말라'라는 뜻의 라틴어)"는 악화되어 가는 병세 속에서도 전속력으로 나아가게 될 그의 남은 인생을 비추고 있었다. 잡스의 인생이 지닌 강렬한 색채에 비하면 이루 말할 수 없이 담백한 연설문이었다.

> - 오늘 저는 여러분께 제 인생 이야기 세 편을 들려 드리려고 합니다.
> - 첫 번째는, …
> - 두 번째는, …
> - 세 번째는, …
> - 결국, 늘 갈망하고 우직하게 나아가야 한다는 점을 강조하고 싶습니다.

사실 글쓰기를 할 때 가장 경계하는 양식이 바로 이런 다섯 문단 에세이 쓰기이다. 이러한 쓰기 형식은 가장 무난해서 눈에 띄기 어렵기도 하지만, 너무 뻔해서 감동적이지 않은 경우가 많다. 잡스의 연설문도 대학 졸업식장에서 들려줄 수 있는 대체로 무난하고 뻔한 이야기 구조를 보인다. 그렇다고 해서 표현이 그리 세련된 것도 아니다. 다만 아주 정직하게, 그리고 간결하게, 쉽게 자신의 이야기를 자신의 스타일로 풀어내고 있을 뿐이다. 그리고 그것들이 그가 표방해 오던 미니멀리즘과 무심하게 닮아있기에 이 글은 명문으로 남았다.

통제를 통한 자유

잡스가 제품을 만드는 데 있어서 취했던 통합적인 접근법end to end은 그의 인생을 통틀어 그를 불변의 고집불통의 자리에 세워 두었다. 하지만 책의 후반부에 접어들면서, 그의 무덤에나 새겨져야 할 핑계들도 듣다 보면 고개를 끄덕이게 된다. 어느새 독자도 그의 현실 왜곡장 안에 들어와 버린 탓일지도 모른다.

우리가 이런 것들을 하는 이유는 통제광이라서가 아닙니다. 훌륭한 제품을 만들고 싶어서, 사용자들을 배려해서, 남들처럼 쓰레기 같은 제품을 내놓기보다는 사용자 경험 전반에 대해서 책임을 지고 싶어서 그러는 겁니다. 사람들은 제각기 자신이 제일 잘하는 일을 하느라 바쁘고, 그 때문에 사람들은 우리 역시 우리가 가장 잘하는 일을 해 주길 바라지요. 사람들의 삶은 복잡합니다. 컴퓨터와 기기들을 통합하는 방법을 생각하는 것 말고도 할 일이 많지요.

작가는 긴 글쓰기를 통해 잡스의 인생에서 가장 주요한 갈등 요소로서 이 부분에 주목하고 있다. 폐쇄적이고 보수적이기만 해서 매번 부딪치고 비난받을 수밖에 없었던 사건들은 반복된다. 때로는 이런 같은 맥락의 사건과 변함없는 결말에 대한 언급들이 지겨워지기도 한다. 하지만 그것은 잡스가 자신의 평생을 대처하는 모습 그대로이기도 해서 서술상 다른 선택이 없어 보이기도 한다. 이런 역설을 독자에게 가장 설득력 있게 전달할 수 있도록 작가는 이렇게 집요하고 끈질긴 문체를 선택한 듯하다. 통제는 반발을 불러온다. 반발은 다시 변화를 불러온다. 그러나 통제 자체를 거부하는 변화가 아니다. 더 많은 통제를 불러와서 어느샌가 대중을 길들이게 되는 그런 무서운 변화를 예고한다.

스티브 곁의 사람들

잡스의 곁에는 오래 머무는 사람이 드물다. 가족도, 사랑하는 여자도, 친구도, 동업자들까지도. 이는 잡스가 누구를 만나더라도 자신이 가지고 있던 어느 것 하나 포기하려고 하지 않았기 때문이다. 한때 그의 애인이었던 레지도 잡스를 사랑했던 시간들을 '배려할 능력이 없는 사람을 깊이 배려하는 끔찍한 일'로 회고한다. 그럼에도 이런저런 스캔들을 분석해서 잡스의 배필감이 가져야 할 조건으로 적어 놓은 부분은 흥미롭다.

우선 똑똑하면서도 가식이 없어야 한다. 그에게 맞설 수 있을 정도로 평온해야 하고, 교육 수준이 높고 독립심이 강해야 하지만 잡스와 그의 가족을 위해 양보할 준비도 돼 있어야 한다. 털털하면서도 천사 같은 분위기가 감돌아야 한다. 또한 그를 다룰 수 있는 감각이 있으면서도 늘 그에게 얽매이지는 않을 정도로 안정된 사람이어야 한다. 그리고 팔다리가 길고 금발에다 여유 있는 유머 감각을 갖추고 유기농 채식을 좋아하는 사람이라면 금상첨화일 것이다.

그리고 로렌 파월이 바로 그런 불가능한 여인이었다.

잡스는 헤드헌팅에도 천부적인 소질을 지닌 지략가였다. 그가 펩시콜라의 존 스컬리에게 펼친 사업적 구애는 오만하고 매력적이다.

설탕물이나 팔면서 남은 인생을 보내고 싶습니까? 아니면 세상을 바꿀 기회를 붙잡고 싶습니까?

잡스는 사업과 관련해서는 지독한 기회주의자였다. 우직하다든지 인간적이라든지 하는 수식어는 그와 전혀 어울리지 않았다. 동시에 삶에서의 기회를 성공으로 주도해 갈 줄 아는 인재였다. 연애에 있어서도 지독한 이기주의자였다. 상대를 배려한다거나 가정적이라는 말은 그를 위한 표현법이 아니었다. 그럼에도 자신의 죽음을 앞두고 초조한 시간들을 함께 지켜 줄 가족이 있는 행복한 사람이었다.

죽음은 전원 스위치 같은 것

잡스의 생이 마무리되는 동안 작가는 독자로 하여금 주인공에 대해 동경을 품게 하거나 그가 선택한 삶을 정당화하려 들지 않는다. 어떤 장면에서도 주인공이 옳다고 손을 들어 주거나 변명하지 않는다. 그저 그가 이루고자 했던 꿈들이 다른 사람들보다 먼저 미래를 바라보고 있었음을 담담하게 풀어내 줄 뿐이다. 그래서 책의 절반이 지나도록 독자가 적응하기 힘들었던 잡스의 독선과 괴팍함에 대해, 후반으로 들어서면서 어느새 독자 스스로 많이 너그러워져 있음을 발견하게 된다.

영원한 독재자이며 철옹성일 것만 같았던 그에게도 죽음은 피해 갈 수 없는 삶의 과정이었다. 그가 누구와도 타협하려 하지 않았듯이 죽음도 그가 가진 욕망들과 타협하지 않았다.

> "한편으로는 그냥 전원 스위치 같은 것일지도 모릅니다. '딸깍!' 누르면 그냥 꺼져 버리는 거지요. 아마 그래서 내가 애플 기기에 스위치를 넣는 걸 그렇게 싫어했나 봅니다."

애플 기기에 전원 스위치를 만들지 않겠다고 동료들과 고집스럽게 논쟁하던 그가 전원 스위치를 죽음에 비유하는 순간, 고집스레 굴던 생전의 순간들이 가슴 한편 시린 숙연한 장면들로 떠올랐다. 스위치를 만들지 않았어도 삶은 이미 꺼져가고 있었으므로.

— 『스티브 잡스』(민음사, 2011)를 기억하며

1. 깐깐하고 괴팍한 잡스가 자서전이 아닌 평전을 내기로 마음을 먹은 이유는 무엇이었을까?

2. 프리젠테이션에서 파워포인트를 사용하는 문제에 대해 자신의 의견을 이야기해 보자.

3. 다섯 문단 에세이 방식을 활용하여 나를 표현하는 글을 간단히 써 보자.

스티브 잡스(2016)

　스티브의 잡스의 생애를 소재로 한 영화는 '잡스Jobs(2013)'와 '스티브 잡스Steve Jobs(2016)' 두 버전을 비교하며 보는 재미가 있다. 잡스의 가장 큰 무기는 프리젠테이션이었는데, 이 부분에 대한 표현은 2013년 버전이, 잡스의 이기적인 성향에 대한 묘사는 2016년 버전이 더 눈에 들어온다. 2013년의 구부정한 슈퍼맨 같은 애쉬튼 커쳐Ashton Kutcher보다 2016년의 마이클 패스밴더Michael Fassbender가 이기적이고 냉철한 잡스에 더 어울려 보인다. 잡스는 지독하게 이기적인 천재였다는 점 하나만 기억하더라도 감독의 수고로움을 어떤 방식으로든 인정할 수밖에 없다. 영화로 재구성되는 창작물은 같은 소재와 스토리를 담고 있다 하더라도 감독이 어떤 부분에 초점을 두는가에 따라 다른 영화로 보이기도 한다. 평전을 읽어 본 독자라면 찾아낼 수 있을 것이다. 영화의 어떤 부분에서 잡스를 두둔해 주어야 할지를.

도킨스의 이기적인 글쓰기

아직은 내게 어두운 밤을 순순히 길들이 시간이 있다.
세상을 환히 밝힐 시간이 있다.
또 하나의 새 무지개를 풀어버릴 시간이 있다.
영원한 안식에 들기 전에. -『리처드 도킨스 자서전』 중에서

리처드 도킨스Richard Dawkins의 자서전을 읽고 나서 그의 '자서
전'을 읽었다는 사실을 떠올리기 위해서는 다소 시간이 필요하다.
저자 스스로가 진화 유전자의 중심 관점을 상징하는 아이콘이라
자부하는 두꺼운 책의 갈피갈피에서 상식적으로 생각해 온 자서
전이 지녀야 할, 일종의 삶의 냄새 같은 것을 느끼기는 힘들기 때
문이다. 더구나 생물학이나 유전이라는 용어만으로도 처음부터
자신감 없이 책을 펼쳐 들었던 전형적인 인문학 전공자에게 도킨
스의 자서전은 읽는 내내 스스로를 수도 없이 다독여야 하는 수도
修道의 길이 되었다. 특별한 사랑법으로 도킨스를 불법으로 케냐

에 밀반입시켜 독특한 어린 시절을 만들어 주었던 그의 부모님 이야기에서부터 이미 남다른 저자의 성장배경에 놀라는 동시에 비범한 자질을 예견하게 되는 것은 어렵지 않다. 이어 쉴 새 없이 독자의 뇌를 두드리는 것은 오만하고 수다스러운 도킨스의 유전자 이론들이었고, 그의 천재성에 어깨가 움츠러드는 것은 어쩔 수 없었다.

도킨스 오르간

1권의 전반부에 등장하는 도킨스 오르간은 도킨스의 유별나고 기발한 실험정신을 보여주는 대표작이다. 도킨스 오르간은 파리의 몸단장 행동을 컴퓨터를 사용하여 표준적인 음악으로 변형한 것이다. 사람의 귀로 동물의 행동 패턴을 식별하려는 시도는 엉뚱하지만 제법 그럴듯하다고 끄덕여지는 부분도 없지 않다. 심지어 모던 재즈처럼 들렸다던 그 '파리류 멜로디'가 이후 영영 사라져버리게 된 것은 아쉽다. 나름의 논리와 체계를 갖추어 합리적인 결과를 추구했던 이런 실험들이 심화되지 않은 것은 과학자가 너무 어려서라고 말할 수 있는 구석도 있겠지만, 저자의 말처럼 실제로 이치에 맞지 않아서라는 것이 정확할 것이다. 어쨌든 도킨스의 인생도 특정 경로로 수렴하는 경향이 있어서 일시적으로 탈선했다가도 자석에 이끌리듯이 정해진 경로로 돌아가고 있었다. 그가 생화학자가 되었어도 결국『이기적인 유전자』를 쓰는 길로 이끌렸을 것이라고 말했던 것처럼.

콩코드 오류

1권에서 이미 유전학 이론과 특별한 성장배경으로 저자에게 기선을 제압당한 이후, 2권에서 연이어 그를 만나는 일은 한동안 주춤거릴 수밖에 없었다. 그래도 그가 2권에서 본격적으로 학문적 논의를 펼치면서 오히려 자포자기하듯 편해지는 면도 있었다.

2권에서 흥미로운 소재 중 하나는 조롱박벌과 관련된 것이다. 어쩌면 저자는 조롱박벌의 생태를 통하여 가장 인간적인 모습을 보고 싶었는지도 모른다. 콩코드 오류란 지난 일과 무관하게 현재 투자의 합리성을 평가하는 게 아니라, 그저 과거의 투자를 정당화하기 위해 어떤 일에 계속 투자하는 인간들의 무모한 특성을 꼬집는 용어이다. 조롱박벌이 여러 굴에 들어있는 유충들을 키우는 생태를 인간이 지닌 콩코드 오류와 연관 지어 생각해 내는 저자를 보면 모든 동물 생태계의 심리는 하나의 가닥으로 되어 있으리라는 착각에 빠져들게 된다. 그의 책 속에서 과학은 일종의 거대한 은유가 된다. 동물의 생태를 통해 인간을 들여다보게 되는 조심스러운 통로가 된다.

확장된 표현형

유전자가 표현형에 미치는 영향은 그 유전자를 지닌 개체의 몸이라는 경계에서 끝난다는 게 기존의 생각이었다. 그러나 확장된 표현형은 이런 연쇄적 인과관계가 굳이 개체의 몸에서 끝날 필요가 없다는 사고에서 시작한다. '진흙 미장이 벌'의 관처럼 생긴 둥지는 개체의 몸 안에 있지 않지만 마치 새끼를 양육하기 위한 몸 밖 자궁이나 마찬가지여서, 이 경우 '표현형'은 살아있는 세포가 아니라 진흙으로 만들어졌지만 어엿한 표현형이므로 확장된 표현형이라 보는 것이다. 저자는 여기에 그치지 않고, 기생자가 숙주를 조종한다는 개념과 '원격작용'이라는 개념까지 받아들이도록 수다스러운 역할을 다하고 있다. 달팽이 껍데기 속에서 사는 흡충의 유전체에 자신의 표현형을 결정하는 유전자는 물론, 달팽이의 표현형을 결정하는 유전자가 있다는 결론이 바로 그런 것이다. 그래서 기생자는 숙주에게 더 온화해지고, 공생에 가까워진다는 것. 기생자의 후손이 숙주 종의 다른 개체들을 무작위로 감염시키는 게 아니라 특정 숙주의 후손에게만 전달되기도 한다는 것이다. 기생자의 유전자는 그렇게 숙주의 표현형에 '확장된' 효과를 미치는 셈이다.

그리 생각하다 내 삶의 안으로까지 들어와 보면, 확장적 표현형은 내 집과 차, 심지어 옷가지들이나 친하게 지내는 사람들까지도 나의 확장된 표현형이 될 수 있을 것 같다. 뭔가가 그 공간을 넘어서 한 개체로부터 다른 개체로 전달될 수 있다면 말이다. 이런 이유로 『확장된 표현형』은 한 철학자가 하나의 철학 작품이라고 주장해주기까지 했나 보다. 하지만 바로 이 대목에서 저자는 다시 경고한다. 만일 베 짜는 새의 둥지가 확장된 표현형이라면, 시드니 오페라하우스나 크라이슬러빌딩에 대해서도 똑같이 말할 수 있을까에 대해서는 지나친 확장을 금지하라는 것이다. 사실 진화는 정보나 지식이 바뀌는 것이 아니라 생리상태가 바뀌는 것이므로, 인간이 만든 건물이 확장된 표현형으로 간주되려면, 건물들에 드러난 변이가 건축가의 유전자 변이로 말미암아 생겨난 것이어야 할 것이다. 그래서 '확장된 표현형 — 그러나 지나치게 확장되진 않은'이라는 소심한 수식어가 더해지게 되었다.

도킨스의 인간미

도킨스가 좋아하는 사람은 대화할 때 본인의 지능지수가 상대방의 수준으로 높아지는 것을 느낄 수 있는 사람, 소위 "게임의 수준을 높이는" 능력을 지닌 사람이다. 그렇게 까탈스러운 그가 과학자들에게 인간미를 부여해서 호감가게 그리는 과학멜로 드라마를 꿈꾸면서, 칼 세이건의 〈콘택트〉 여주인공 엘리에 흥미를 보이기도 하였다. 하지만 그는 역시 〈쥐라기 공원〉에 공룡이 나오는데 사람까지 나올 필요가 있느냐는 오만한 입장이 더 어울리는 사람이었다. 그 영화의 '인간미' 메시지가 얼마나 과학적이지 않은지는 깜박 잊은 채 말이다.

도킨스는 냉정하고 이성적이고 계산적이다. 그러나 그의 글 속에서는 끊임없이 인간적인 모습을 동경하고 있는 모습을 보인다. 감동적인 캐럴린의 일화를 수시로 사람들에게 들려주곤 했다는 대목에서도 드러난다. 캐럴린의 스승이었던 천재 지질학자 슈메이커는 달에 착륙하는 최초의 지질학자가 되고 싶어 했다. 그가 아폴로 우주 탐사 프로그램을 진행 중 사고로 죽자, 캐럴린은 NASA를 설득하여 스승의 재를 무인 우주선에 실어 보낸다. 우주선은 임무를 마친 뒤 달에 불시착하도록 프로그램되어 있었고 덕분에 스승의 재는 달 표면에 고이 잠들게 되었다는 낭만적인 일화였다.

도킨스의 시

아직은 내게 어두운 밤을 순순히 길들이 시간이 있다.
세상을 환히 밝힐 시간이 있다.
또 하나의 새 무지개를 풀어버릴 시간이 있다.
영원한 안식에 들기 전에.

자서전의 마지막은 도킨스가 일흔 번째 생일에 낭송한 시 한편으로 맺고 있다. 이기적인 과학자가 죽는 날까지 포기하지 않을 학자로서의 자존심을 시로 풀어내고 있다. 그의 말처럼 세상은 세상에 존재하는 일에 유능한 유전자들, 여러 세대를 거쳐 살아남는 유전자들로 채워진다. 몸이야말로 유전자가 임시로 거주하는 장소이자 유전자를 후대로 넘겨줄 운반체이기 때문이다. 그러니 그의 생애는 마지막 순간까지 더 바빠질 수밖에. 그의 시 마지막 구절처럼.

도킨스가 자서전의 곳곳에서 아무리 유전학 이론을 열강했더라도 결국 이 자서전은 나에게 가장 쉽게 읽혔던 부분만 남을 터였다. 그는 자서전에서 자신의 책들에 거듭하여 등장하는 주제를 소개하는 것이 한 생물학자의 일관된 세계관을 보여주기를 바라는 것이라고 하였지만 평범한 독자에게는 과한 주문이다. 이기적인 유전자를 비롯한 그의 책 제목만 보더라도 『눈먼 시계공』, 『무지개를 풀며』, 『악마의 사도』, 『만들어진 신』 등처럼 철학적이고 심오하다.

도킨스의 자서전을 읽는 것은 『이기적인 유전자』 읽기에 실패한 독자가 더 이상은 물러서고 싶지 않은 이기적인 독서라는 표현이 적절할까? 지나치게 명석한 저자의 이기적인 글쓰기는 곳곳에 숨어 있는 고급 유머, 간간히 묻어나는 인문학적 재치를 매력적인 오만으로 느끼게 한다. 그리고 그의 아내 랄라가 디자인한 사마귀, 카멜레온 넥타이를 매고 한껏 웃음 짓는 사진 속에서도 저자의 오만하고 수다스러운 잔소리가 들리는 것 같다.

그가 일생을 살아온 바로 그 모습처럼 모든 사람은 우선 의심하고, 가능성을 따지고, 증거를 요구하도록 교육받아야 한다고.

- 『리처드 도킨스 자서전』(김영사, 2016)에 대한 이기적인 생각들

한 사람의 인생을 담아내는 글쓰기에서 일기나 편지, 당시의 기사나 인터뷰, 기록 등은 중요한 역할을 한다. 피에르 퀴리의 전기에서도 예외 없이 이러한 자료들은 기록의 객관성과 정당성을 확보하는 주요한 장치가 된다. 하지만 이러한 자료들이 곧이곧대로 보여주는 사실들은 전기 안에서 그리 매력적이지 않다. 전기든 자서전이든 사실을 전달하는 데 있어서 사실보다 조금 특별한 필자 특유의 표현 방식을 기대하고 있다면 더욱 그러하다.

같은 연구실에서 같은 주제로 논문을 쓸 수 있는 천재 부부는 상당히 특별하다. '부드러운 고집쟁이'라는 별명은 남편 피에르에게만 해당되는 수식은 아닐듯싶다. 생활고에 시달리면서도 협력자들과 교류하며 '생각의 흐름을 중단하지 않으면서 평화롭게 몰입할 수 있는 진정한 실험실의 분위기'를 지켜 온 부부는 왜 다른 사람으로 기억되어야 하는지 헷갈릴 지경이다. 그런 과학자 부부의 기록 안에서 인용된 편지 한 대목은 미래 과학 발전에 대해 세인들이 저지르고 있는 씁쓸한 오류를 곱씹으며 고개를 숙이게 한다.

사람들은 우리에게 논문과 강연을 요구합니다. 이렇게 수년이 지나게 되면 우리에게 그것들을 요구했던 사람들은 그때 우리가 연구를 더 이상 하지 않았던 것을 알고 놀랄 것입니다.

천재 과학자가 방문 세례나 강연들로 허비하는 시간과 에너지는 그의 건강을 축나게 하고 결과적으로 연구 진행에 방해가 되는 요소가 되었다. 심지어 과학자가 남긴 이런 편지를 보존하고 있을 망정 이런 상황을 헤아리기에는 어두웠던 사람들도 지금의 사람들과 다르지 않을 것이다. 그런 이기심 같은 마음 한편에 평범한 독자로는 공감하기 힘든 '연구실 안 과학자의 삶'도 막연한 응원 이외에 공감할 여지가 크지는 않다.

위대한 과학자가 실험실에서 보내는 생활이란 많은 사람들이 생각하는 것처럼 그렇게 평화롭거나 꿈 같지 않다. 그것은 사물들과 주변환경에 대한, 특히 자기 자신에 대한 고집스런 싸움에 더 가까운 것이다. 위대한 발견이란 미네르바가 주피터의 머리에서 완전히 성숙하여 나왔듯이 과학자의 머릿속에서 완성된 형태로 툭 튀어나오는 것이 아니다. 그것은 준비 작업을 미리 끊임없이 해온 결과로써 얻어진 열매인 것이다. 좋은 성과를 얻을 수 있을 때도 있지만 사이사이에 아무 일도 되지 않고 실험 자료들까지 반항하는 듯이 느껴지는 불안한 날들도 수없이 많다. 그럴 때 필요한 것은 낙담하지 말고 계속해나가는 것이다.

마리 퀴리는 남편 피에르의 모습을 회상하면서 과학자로서 자신의 외로운 삶을 에둘러 설명한다. 그들 부부가 선택한 삶이 힘들었음을 강조하고 또 강조한다. 굳이 실험실이 아니어도, 위대한 발견을 꿈꾸지 않아도 어떤 노력에 대한 열매는 늘 쓰디쓰다. 피에르의 전기 안에 들어 있는 라듐 발견에 관한 일지나 보고서들은 그런 쓴맛을 달리 설명할 길 없는 마리 퀴리의 선택인 듯하다.

피에르가 지닌 학문적 정직성과 논문의 완벽성에 관한 생각은 학문을 다루는 모든 사람들에게 본질적인 반성을 일깨우는 부분이다.

모르는 현상을 연구하는 데 있어서, 일반적 가설을 세운 다음 실험을 해가면서 한 발짝 한 발짝 발견을 해나갈 수 있다. 이런 확실하고 체계적인 방법은 진행이 느릴 수밖에 없다. 반면에 과감한 가설을 세우고 현상의 세계를 명시해 보일 수도 있다. 이런 방법은 어떤 실험을 할 수 있을지 시사해주기도 하고, 그림을 사용하여 추론 과정을 구체적으로 쉽게 만드는 장점도 있다. 그 대신 어떤 복잡한 이론이 있을 때, 그것을 이런 방식으로 실험함으로써 구체화시키는 것은 불가능할 것이다. 사실에 비추어 볼 때, 정확한 가설은 거의 항상 오류의 가능성을 지니게 되는 것이다. 가설에 들어맞지 않는 현상이 있다면 보다 일반적인 가설로 되돌아와서 해결책을 찾아야 할 것이다.

피에르는 이러한 성향으로 인하여 치열한 경쟁 사회에서 빠른 시일 안에 논문을 발표해야 하는 연구 풍토에 적응하기 어려웠다.

하지만 이런 점이 오히려 다른 사람들이 피해 가려는 연구에 애정을 갖도록 만들었고 교육 현장에서는 개선된 강의를 보여줄 수 있는 부분이었을 것이다. 마리 퀴리도 이런 부분에서 남편에 대한 무한 자부심을 보이기도 하지만, 바로 이 지점에서 한숨 나는 현실로 돌아와 회고하고 있는듯하다. 그의 높은 지명도, 허약한 몸, 생활고, 그리고 천재성처럼 그를 둘러싸고 있는 요소들은 전반적으로 그의 삶 자체에는 도움이 되지 않았다. 그의 아내가 말했듯이, 모든 문제에 있어 명료하게 이해가 되어야 하는, 타협의 상황을 늘 심적으로 괴로워하는 그는 청렴한 과학자에게 느끼게 되는 존경심보다 인간적인 안타까움을 더 자아낸다. 아내였다면 더 그러했을 것이다.

마리 퀴리가 쓴 피에르 퀴리의 전기는 딱히 감동적이지 않다. 이미 아내의 시점에서 충분히 자랑스럽고 안타깝고, 그리고 그리울 뿐이다. 사람들이 왜 피에르 퀴리를 좋아했는지 그 이유를 떠올리게 하는 것이 글을 쓴 목적이었다 하더라도 이 글은 그리 감성적이지도 않고 애틋하지도 않다. 오래전에 만났던 퀴리 부인에 대한 빛나는 이야기들에서 딱히 더 빛나지 않는다. 기자였던 그들의 딸 에브 퀴리가 남긴 마리 퀴리의 전기만큼 당당하지도 않다. 전기는 전기 작가가 본 대로 느낀 대로 쓴 글일 수 있지만, 그 글은 독자 안에서 까탈스러운 기준을 통하여 자리 잡게 된다. 마리 퀴리는 아내로서 쓸 수 있는 최선으로 남편의 전기를 남겼고, 우리는 여성

제4장 천재들이 사는 이야기

최초로 두 번의 노벨상을 수상한 퀴리 부인의 또 다른 성실한 역할 하나를 만날 수 있었을 뿐이다.

- 『내 사랑 피에르 퀴리』(궁리, 2000)에 대한 소회

『내 사랑 피에르 퀴리』를 읽고 생각해 보기

1. 다른 사람의 인생에 대해 글을 쓰는 것은 자서전과 어떤 차이가 있을지 생각해 보자.

2. 마리 퀴리는 왜 피에르 퀴리의 평전을 썼을지 자신의 생각을 이야기해 보자.

3. 부모님이나 자기가 존경하고 사랑하는 인물에 대한 글을 쓰기 위해서는 어떤 준비가 필요할지 생각해 보자.

마리 퀴리(2019)

Radioactive

영화의 장면은 천재 여성 과학자가 실험실에서 쫓겨나는 만만치 않은 현실에서부터 시작된다. 천재도 사랑을 한다. 오만과 사랑 사이에서 고민하는 마리의 모습은 길게 그려지지 않는다. 피에르의 평전에서는 피에르의 이야기를 빌려 마리의 이야기를, 그리고 영화에서는 피에르를 곁에 두고 마리의 이야기를 이끌어가고 있다.

마리는 자신의 일과 사랑 중에서 선택하기보다는 자신의 일을 빛나게 해 줄 상대를 선택했다. 그래서 피에르가 떠난 후의 상실감 속에는 채우지 못한 사랑으로 인해 미안한 부분이 못내 남아있었을 것이다. 피에르의 평전이 그렇게 만들어진 것이었다면, 그에 반해 영화의 시점은 마리 스스로에 대한 변명에 가깝다. 하지만 한 번쯤 그녀의 이야기에 귀를 기울여 볼 만한 하다. 사진처럼 쟁쟁한 노벨상 수상자들 사이에서 홀로 여성으로 당당하게 자리하고 있는 마리 퀴리의 이야기에.

스티븐 호킹이 말하는 존재의 이유

나는 지난 49년 동안 빨리 죽는다는 사실을 알고 살아왔다. 죽음
이 두렵지는 않지만 그렇다고 서두르지도 않는다. 먼저 하고 싶은
것이 너무 많기 때문이다. -『나, 스티븐 호킹의 역사』 중에서

스티븐 호킹에게는 천재 물리학자라는 호칭과 함께, 늘 인간 의
지의 승리를 보여주는 불굴의 장애인이라는 수식이 따라다녔다.
청소년 시절에 그의 전기를 읽었고, 조금 더 지나 그의 생애를 영화
화한 작품을 만났었다. 그리고 어느 결엔가 그가 남긴 자서전을
들고 있지만 변함없이 복잡한 표정이 된 나를 발견하게 되었다.
같은 인물에 대해 다른 버전으로 풀어낸 텍스트는 내가 기존에 가
졌던 생각들을 여지없이 뒤흔드는 경우가 많기 때문이다.

위대한 인물의 삶에 대하여 이야기할 때, 그 인물의 대표적인
업적을 '사랑'이라는 말로 대치하는 경우가 종종 있다. 그래서인지
스티븐 호킹의 사랑은 결국 물리학이라는 학문에 대한 사랑으로

웅장하게 마무리되어 있는 것을 보게 된다. 사실 그런 극한 상황에서의 학문 활동을 극한의 사랑으로 보지 않는다면 또 무엇으로 대신 표현할 수 있을까 싶긴 하다. 노벨상으로도 평가할 수 없었던 호킹 복사 이론의 업적에 적절히 대응할 언어는 쉽사리 떠올릴 수 없기 때문이다.

21살의 봄에 새로 시작된 우주

루게릭병이 발병한 스물한 살의 봄, 그 이후 스티븐 호킹의 인생에서 봄은 해마다 더 바쁘게 시작되었다. 그는 병이 얼마나 빨리 진행할지 몰랐다. 그래서 더 딱히 할 일이 없기도 하였다. 그런 뒤숭숭한 일상을 뒤로 하고 그가 돌아간 곳은 '일반상대성이론'과 '우주론'이었다. 그리고 그곳에 머물렀고 새로운 일상도 찾아갔다. 자신이 돌아갈 곳을 찾아가 여전히 살아남은 사람에게는 결혼과 취업, 출산 같은 평범한 일상까지 누릴 수 있는 보너스도 함께 남아 있었다. 얼른 보면 그는 대단할 만큼 의지적인 사람이었다. 하지만 그에게도 스스로 가엾다는 연민이 끊이지 않았다는 사실은 지극히 인간적인 고통을 짐작하게 한다. 그래도 그에게는 더 큰 우주가 기다리고 있다는 사실이 다행이었다. 우주가 어떻게 작동하는지를 아는 것은 어떤 의미에서는 우주를 통제하는 것과 같다는 것을 깨달은 사람만이 얻을 수 있는 특혜였으니까.

휠체어에서 세상을 조종하는 천재

휠체어에서 먼 우주를 바라보던 천재에게 남은 삶은 육체적으로 조금도 안락하지 못하였다. 기관 절개로 말하는 능력을 잃었고, 음성합성기와 인공호흡기까지 한몸이 되어 살아야 했다. 이 장면이 바로 우리가 영화나 책의 표지에서 스티븐 호킹을 떠올리게 되는 모습이다. 그 과정에서 이혼과 재혼, 그리고 또 이혼. 어쨌든 그는 복잡한 휠체어에서도 소통하기를 포기하지 않았고 책과 논문을 쓰고 강연을 다녔다. 물론, 장애를 딛고 이론물리학자가 되기까지의 지난한 스토리가 그의 인기를 보증하는 중요한 수단이 되었다는 것도 그가 모르는 바는 아니었다. 그래서 그는 책이나 논문, 강연 속에서 다루고자 했던 것이 그의 역사가 아니라 우주의 역사였다고 힘주어 말한다. 그 안에서 그의 역사는 그저 조금 빛을 더할 뿐.

시간여행을 꿈꾸는 시간여행 불가능론자

그는 블랙홀의 증발로 인해 시공이 타임머신 제작에 필요한 방향으로 휘는 일이 생긴다면 시간여행을 상상해 볼 만도 하다고 말한다. 하지만 거듭해서 제자리로 돌아오는 닫힌 광선들은 에너지 밀도를 무한대로 만들어 타임머신에 진입하려는 사람이나 우주선을 흔적도 없이 파괴할 것이라고 경고한다. 그리고 이것이 바로 '과거에 집적거리지 말라'는 자연의 경고일지도 모른다고 덧붙인다. 결국, 미래에 어떤 다른 이론이 발견되고 발전한 문명이 문제되는 상태를 안정되게 만들 수 있더라도 시간여행의 미래는 영원히 캄캄하다고 단언한다. 하지만 이렇게 힘주어 거듭 말하는 사이사이에 그가 누구보다도 가장 시간여행을 꿈꾸고 있었던 사람이었다는 점을 느낄 수 있다. 그가 그것을 가능하게 할 타임머신을 만들고, 비행접시에 탄 아름다운 외계인 관광객들 앞에서 강연하는 모습을 꿈꾸고 있다는 것을 자서전의 행간에서 강하게 말하고 있기 때문이다.

스티븐 호킹의 검은 별

천재 물리학자의 생애를 통해 가장 매력적인 존재는 바로 검은 별이 아니었을까 싶다. 우리가 볼 수는 없지만, 그 별의 표면에서 나오는 모든 빛은 별의 중력에 끌려 조금도 빠져나갈 수 없다. 보이지 않으므로, 또 볼 수 없으므로 검은 별은 아니 블랙홀은 스티븐 호킹에게 더 매력적이지 않았을까. 자유롭게 움직일 수도 없는 자신은 말할 것도 없고 자유로운 누구라 하더라도 닿을 수 없는 존재에 대한 연구는 우울한 천재의 이기심을 보상해 줄 괜찮은 주제였을 것이다. 사실 블랙홀은 탁월한 이론 물리학자의 위상을 드러내는 뛰어난 도구로 손색이 없어 보인다.

특히, 그가 말하는 블랙홀 복사에 관한 비유를 듣다 보면 그의 유머 감각에 한층 빠져들게 된다. 블랙홀 복사로 인해 증발이 일어나면 애초에 블랙홀이 된 천체의 정보는 어찌 되느냐에 대한 이야기다. 그에 따르면 정보는 사라지지 않지만 유용한 방식으로 회수되지도 않는데, 이는 백과사전을 태울 때와도 같다고 말한다. 연기와 재를 모두 보존한다면 원칙적으로 백과사전에 담긴 정보는 사라지지 않겠지만 그 정보를 읽어내기는 어렵다는 것이다. 이는 한 줌 재로 돌아간 그에게서 더 이상의 블랙홀 이야기를 들을 수 없게 된 것과 마찬가지일 것이다.

특이점이 있는 인생

빅뱅이론에서 특이점은 시간과 공간이 끝나는 지점을 말한다. 더 나아갈 수 없는 지점이다. 마치 사람이 살아가다가 맞이하는 마지막 날과도 같다. 역자는 이것을 호킹이 스물한 살의 죽음 앞에서 특이점을 특이하지 않은 장소로 선택한 의지에 기대어 설명한다. 자신의 죽음을 깨닫는 것 또한 특이점을 보는 것과 같으므로. 그러나 호킹은 자신의 특이점을 설명하기 위해 50여 년을 더 살면서 스스로의 역사에 대해 자서전을 기록한다. 정말 특이점이 있는 사람이랄 밖엔…

스티븐 호킹의 자유로운 뇌

천재 물리학자가 드넓은 우주를 탐색하는 동안 그에게 필요한 것은 민첩하게 잘 작동하는 뇌 하나면 족했다. 그에게 과학은 마치 음악을 듣는 것과 다르지 않았을 테니까. 실제로 그는 모차르트와 바그너를 사랑했고, 수학을 언어로 삼아 우주와 소통하고 즐겁게 업적들을 만들어갔다. 보통 사람들처럼 자유로운 신체를 가질 수는 없었지만, 누구보다도 자유로운 뇌를 가졌던 그는 사람들이 꿈조차 꿀 수 없는 우주의 끝까지 다다를 수 있었다. 인간의 뇌 활동에서 어느 누구라도 이만큼 자유로울 수는 없을 것이다. 물론 그가 지닌 삶에 대한 남다른 의욕이나 평소 모든 물건의 작동 원리에 대한 각별한 호기심까지도 그의 뇌 활동 안에서 이해할 수는 없을지도 모른다. 하지만 그에게 물리학과 천문학은 우리가 어디에서 왔고 왜 여기에 있는지를 이해할 수 있다는 희망을 품게 하는 것이었다. 그러니 모든 것은 심하게 자유로운 그의 뇌가 시켜서 한 일이라고 말하지 못할 것도 없을 것이다.

호킹의 아버지, 그리고…

열대 의학을 공부했던 호킹의 아버지는 학벌과 연줄에 일종의 열등감을 가지고 있는 사람이었다. 그래서 늘 아들이 과학에 관심을 갖도록 주의를 기울였고, 심지어 아들이 자신의 지식을 능가할 때까지 수학을 가르쳤다. 과학자로서의 길을 선택하게 된 것은 아버지의 영향이라고 단언할 수 있을 만큼이었다. 그런데도 호킹의 아버지에 대한 회고 장면은 생각보다 수수하고 담담한 면이 있다.

아버지는 돈을 아낄 수 있다면, 외모는 전혀 신경 쓰지 않는 분이었다. 아버지가 어린 시절에 겪은 극심한 가난은 아버지에게 영구적으로 각인되어버렸다. 아버지는 자신의 편의를 위해서 돈을 쓰는 것을 견디지 못했다. 심한 추위를 느끼면서도 중앙난방장치의 설치를 거부했다. 대신에 스웨터를 여러 겹 껴입고 평소의 복장 위에 가운을 걸치곤 했다. 그러나 다른 사람들에게는 말도 못하게 후했다. 아버지는 우리 가족이 새 차를 살 만큼 살림이 나아졌다고 느꼈고 전쟁 전에 런던에서 택시로 사용된 차를 구입했다. 차고로 쓰려고 비닐하우스 모양의 창고를 지었다. (…) 대부분의 소년들과 마찬가지로 나는 부모님이 창피했다.

우리가 부모님을 회고할 때 일상적으로 툴툴대는 것처럼 평범한 듯싶지만, 가만히 들여다보면 호킹 특유의 자부심과 오만이 묻어있음을 눈치챌 수 있다. 대개의 자서전들 속에서 '아버지'는 고집스럽고 가족의 마음을 제대로 헤아리지 못한 채 무심하다. 천재 과학자 스티븐 호킹의 아버지도 그런 평가에서 크게 벗어나지는 못했다. 하지만 독자가 마냥 무심할 수 없는 것은…… 아버지가 아들이 되고 아들은 다시 아버지가 되기 때문이다.

- 『나, 스티븐 호킹의 역사』(까치, 2013)를 만난 후의 심심한 감상

1. 스티븐 호킹은 스물한 살에 루게릭병에 걸린 것을 알았지만, 절망적인 현실을 뒤로 하고 오히려 일반상대성이론과 우주론에 몰입하게 된다. 그 시절의 호킹에게 내가 해주고 싶은 말을 떠올려 보자.

2. 만약 시간여행이 가능하다면 내가 해보고 싶은 것은 무엇인지 생각해 보자.

3. 영화 〈사랑에 대한 모든 것(The Theory of Everything, 2014)〉을 감상하고 자서전과의 차이점을 알아보자.

사랑에 대한 모든 것(2014)
The Theory of Everything

　제목에서 보이는 것처럼 그런, 사랑에 대한 애틋한 무엇인가를 기대하며 영화를 시작한다면 살짝 실망하게 될지도 모른다. 이 영화는 한 사람의 절망으로 시작되고 더 깊은 절망으로 들어가는 과정을 보여주는 안타까운 이야기이니까. 영화는 1963년의 케임브리지에서 시간여행을 연구하는 이과생 스티븐과 시간여행을 꿈꾸는 문과생 제인이 만나며 시작된다. 주근깨 소년 홍당무 같은 미소를 짓는 풋풋한 스티븐을 감상하는 것도 아주 잠시, 너무도 자연스레 실사판 스티븐 호킹으로 변해가는 배우 에디 레드메인Eddie Redmayne을 지켜보는 재미가 남다른 작품이다. 스티븐 호킹의 풋풋한 청년 시절을 상상하고 싶은 독자라면 영화 속에 남겨진 이 짧은 시간 안에서 부지런히, 그리고 충분히 즐겨야 한다. 자서전과 달리 영화는 스티븐의 업적보다는 일상에 초점을 두고 스토리가 진행되는 특징이 있어서 그가, 혹은 그의 아내 제인이 감당했을 인간적인 절망의 시간에 몰입하게 된다. 살아있는 동안 '시간'의 시작에 대하여 모든 것을 설명할 수 있기를 바랐던, 심지어 단순하고 우아한 등식으로 만들기 원했던 스티븐은 영화 말미로 들어서면서 안쓰럽기보다 이기적인 남성, 독선적인 천재로 남는다. 영화가 스티븐과 제인의 마지막을 현실적이고도 훈훈한 결말로 빚어내며 세간의 구설을 끊어낸 것은 감독의 무던한 성향 탓이리라 짐작해 본다. 시간도 삶도 공식은 없다. 그래도 그 공식을 찾아가는 천재의 여정은 우리의 기억에 남을 것이다.

제5장

소설 같은 인생, 인생 같은 소설

제5장에서는 잘 지어진 소설 이야기를 해보려고 한다. 이 장에서 찾아보는 이야기들은 모두 소설이다. 소설은 작가가 지어낸 이야기 이므로 대외적으로는 거짓말이다. 그런데 거짓말이라고 생각해버리고 말기에는 마음 편하지 않은 책들이 있다. 우리가 흔히 자전소설이라고 말하는 것들이 여기에 해당될 것이다. 작가는 소설을 쓴다. 그러면서 자신의 이야기를 풀어 넣는다. 모두들 거짓말이라고 생각할테니 작가는 이야기 뒤에 안전하게 숨어 있다고 안심한다. 작가는 자신의 이야기를 쓴다. 이야기는 소설의 옷을 입고 있으니 혹여 거짓말이 되더라도 상관없다.

많은 소설들이 자전적이라는 수식을 받고, 많은 자서전들이 소설 같다는 평가를 받곤 한다. 소설 같은 인생, 인생 같은 소설은 그렇게 얽혀있다. 그러면 우리는 소설을 쓰는 것이 쉬울까, 아니면 자서전을 쓰는 것이 더 쉬울까. 문제는 우리가 소설을 쓰든 자서전을 쓰든 독자들은 그 안에서 필자를 찾아낼 것이라는 점이다. 때로 소설 속 주인공들이 실물처럼 튀어 오르더라도 너무 놀라지 않기를…

춘원 『나·소년 편』에서
『나·스무 살 고개』를 넘으며

춘원의 『나·소년 편』은 찢어지게 가난한 시절을 보낸 '내'가 이성에 눈을 뜨고 사회적으로 자신의 자리를 찾게 되기까지 '나'의 이야기가 들어있다. 이는 열 살 때 부모를 잃고 불우한 시절을 보냈던 춘원의 자전적인 소설이라고 평가되는 작품이기도 해서 더 특별하다.

어른들이 온몸으로 절감하는 가난에 공감하며 한편 이를 악무는 와중에도 소년의 청춘은 이미 몸속 깊숙이 들어와 있었다. 여기까지 무엇엔가 홀린 듯 작가를 따라온 독자라면 다음에 이어지는 『나·스무 살 고개』를 안 읽고 배길 재간이 없다.

사실, 치졸한 닭싸움으로 시작된 '나'의 스무 살이 세상의 이치를 깨닫고 사람들을 전도에 나서기까지의 『나·스무 살 고개』는 『나·소년 편』만큼 애틋하거나 오밀조밀한 짜임새를 보여주지는 못하고 있다. 무엇보다도 춘원 특유의 오만한 계몽주의가 솜이불처럼 이야기 전반을 덮고 있기 때문이다. 그래서 더욱『나·소년 편』은 춘원의 소설답지 않고, 그래서 더욱 소중한 자료로 가치를 더하고 있는 것인지도 모른다. 춘원의 글쓰기는 여러 각도에서 보면 각기 다른 빛깔을 내는 프리즘처럼 쉽게 설명하기 힘들다. 다만 여기서 잠시『나·소년 편』을 지극히 개인적인 관점에서 들여다보는 창을 내 보려고 한다.

소설의 화자 '나'가 들려주는 작가의 목소리

소설 속에서 일인칭 화자가 등장하면 독자의 머릿속은 한결 복잡해지게 된다.『나·소년 편』을 이끌고 가는 목소리는 바로 '나'다. 다른 일인칭 소설들을 만나게 될 때에도 늘 그렇지만 '나'의 목소리는 자꾸만 작가 자신의 목소리처럼 들리고, 독자는 습관처럼 '나'의 이야기에 귀를 기울이게 된다. 이는 단순히 작가가 자신의 글을 회상하듯 서술해 나가는 차원이 아니라, '나'에 이어져 있는 유기적인 서술 장치가 만들어내는 일종의 최면으로 보인다.

독자를 쉽게 하는 필자의 배려에 대하여

작가는 아버지와 어머니의 연이은 죽음에 앞서 실단이와의 사랑 이야기를 둔 까닭을 독자들의 마음을 쉬게 하려는 것이라고 말한다. 사실 목구멍이 포도청이었던 어린 시절의 이야기가 이젠 구차하게 느껴질 때쯤 되었을 때, 갑자기 말머리를 돌려 시작되는 실단이와의 사랑 이야기는 이야기의 속도를 내는 장치가 되기도 하였다. 하지만 이것은 독자에 대한 춘원식의 배려다. 아니, 사실은 독자를 소설로부터 쉬지 못하게 하려는 작가의 교묘한 속임수이기도 하다.

다양한 에피소드를 모으는 춘원의 힘

『나·소년 편』에는 등장인물들에 대한 풍부한 이야깃거리가 숨어 있다.

어두운 방안엔
바알간 숯불이 펴고

외로이 늙으신 할머니가
애처로이 잦아드는 어린 목숨을 지키고 계시었다.

이윽고 눈 속을
아버지가 약을 가지고 돌아오시었다.

아, 아버지가 눈을 헤치고 따오신
그 붉은 산수유 열매 − .

나는 한 마리 어린 짐승
젊은 아버지의 서느런 옷자락에
열로 상기한 볼을 말없이 부비는 것이었다.

이따금 뒷문을 눈이 치고 있었다.
그 날 밤 아버지만큼 나도 나이를 먹었다.

옛것이란 거의 찾아볼 길 없는
성탄제 가까운 도시에는
이제 반가운 그 옛날의 것이 내리는데

서러운 서른 살, 나의 이마에
불현 듯 아버지의 서느런 옷자락을 느끼는 것은

눈 속에 따오신 산수유 붉은 알알이
아직도 내 혈액 속에 녹아 흐르는 까닭일까?

− 김종길, 〈성탄제〉

『나·소년 편』의 이야기가 저무는 동안 한 가지로 흘러드는 것은 나에 대한 아버지의 사랑이다. 마치 김종길의 〈성탄제〉 같은 울림을 남기고 소년의 아버지는 세상을 떠나고, 또 그렇게 소년의 마음속에 살아 있게 되었다.

실단이를 단념하고 김정언의 사위가 되는 모습에서 우유부단한 '형식'의 그림자가 보인다. 알게 모르게 이어지는 실단의 오랜 사랑의 대목에서는 '안빈'을 사모하던 '순옥'의 얼굴도 언뜻 스쳐 간다. 한편 만인계에 빠져 가산을 탕진하는 아버지의 이야기는 아슬아슬하고 마음 아픈 그 시절의 낯익은 에피소드처럼 마음 한구석을 파고든다.

『나·소년 편』이 춘원의 자전적 소설 중 '낭만 편'이었다면, 이어지는 『나·스무 살 고개』는 '계몽 편'이었다. 그래서 낭만 편에서 가졌던 설레는 기대감은 계몽 편에서 여지없이 무너지고 만다. 내용은 이어져 있지만 다른 소설이 되고 만다.

춘원의 사랑, 그 결말은

춘원의 사랑은 늘 이중적이다. 작중 도경(나)의 정신적인 사랑의 대상이 실단이었다면, 육체적인 사랑의 대상은 문의 누님이었다. 춘원은 어떤 경우라도 이야기를 끌어가면서 인물의 참을 수 없는 본능에 대한 합리화를 시도한다. 작가가 가진 특유한 사회지도자

의식과 깨달음은 늘 본능을 이기고 개인적인 결혼이나 연애 등에 대한 관점을 개인의 바른 인생 곡선에 맞추어 정돈하는 경향이 있다. 젊은 날의 아픈 실연이 된 실단이도, 육체적인 애욕에 빠져 인생을 혼란스럽게 하던 문의 누님도 모두 도경의 순탄한 앞길을 위해 조용히 물러서 주었던 것만 보더라도 그러하다. 그래서 춘원의 소설에 나오는 사랑은, 연애는 늘 정당하고 현명함을 가장한 계몽으로 비껴간다.

나·소년편, 그리고 나

『나·소년 편』은 춘원을 소년인 채로 만날 수 있는, 드물게 한적한 소설이다. 작품 속 도경이 춘원 자신이었는지, 혹은 춘원이 도경이 되고 싶어 했는지 그런 생각의 와중에 춘원과 도경이 슬그머니 한 사람이 되어 웃고 있는 느낌을 준다.

- 『나. 소년 편』(삼중당, 1962) 속 술래 찾기

『나, 소년 편』을 읽고 생각해 보기

1. 춘원의 소설에 나타나는 계몽적인 요소가 소설의 진행에서 방해가 된다고 느껴진다면 그 이유는 무엇일까?

2. 소설 속 도경이 춘원 자신인 것처럼 느껴지는 이유는 무엇일까?

3. 『나·소년 편』과 『나·스무 살 고개』는 잘 알려지지 않은 춘원의 작품이다. 춘원의 다른 작품들과의 차이점이라고 생각되는 점을 말해 보자.

제5장 소설 같은 인생, 인생 같은 소설

자서전을 쓰는 책을 만나다

조금 특이한 자서전을 만났다. 아니 특이한 작가를 만났다고 하는 것이 더 정확할 것이다. '나'는 한 시대를 풍미한 베스트셀러였다. 하지만 지금의 '나'는 헌책방에서 새 주인을 기다리며 때로 설레고 때론 절망하며 낡아가는 그냥 한 권의 소설책일 뿐이다. 사람은 글을 쓰고 책을 만들지만 책이 글을 쓰는 법은 없다. 그런데 책이 된 '나'는 베스트셀러로 잘나가던 시절을 떠올리며 우쭐해하기도 하고, 헌책방 구석에서 고민하는 손님들에게 큰 소리로 자기를 봐 달라고 외치기도 하면서 자신의 이야기를 수다스러운 자서전처럼 풀어나간다.

은유의 옷, 익숙하면서도 낯설다

'책을 쓰는 자서전'이라는 자체가 이미 커다란 은유의 옷을 입고 있긴 하지만 책의 갈피갈피에서 미처 생각지 못했던 또 다른 은유가 날개를 퍼덕이고 있다.

걸표지가 찢어졌을 때의 아픔.

휴지통에 던져졌을 때의 절망.

여자 주인을 만났을 때의 설렘(그러고 보면 이 수다스러운 작가는 남성이었나 보다).

시나리오 작가를 만났을 때 자신을 줄거리로 삼은 영화를 꿈꾸고, 새로운 문물인 라디오를 견제하며 역할을 잃을지도 모른다는 두려움에 휩싸인다. 재활용되어 포장지나 약상자가 될지도 모른다는 상상에 괴로워하고, 마침내 쓰레기나 재가 되어 종점에 이르게 될 것이라 비관하기도 한다.

이렇게 세심하게 감정선을 따르고 있는 '나'는 너무도 인간적이다. 게다가 진지하기까지 해서 책이 사람인지 사람이 책인지 잠시 잊고 어깨를 쓸어주어야 할 것 같다. 낯설지만 익숙하다.

더구나 오만하기까지 하다. 책의 감정뿐 아니라 인간의 모습까지도 머뭇거리지 않고 읽어 내린다. 예순 살도 채 안 되어 세상을 뜬 첫 번째 주인을 '수용소 회고록 작가의 책에서 막 나온 사람' 같았다고 회고한다. 서점을 찾은 대부분의 작가들이 관심이 없는 척하면서도 자신의 책이 어디 놓여 있는지 신경을 쓴다고 비웃듯 표현한다. 생각했던 곳에 책이 없을 때 그들이 화난 표정을 애써 숨기려 하는 동안 '나'는 그 상황을 고스란히 즐기고 있다.

첫 번째 주인이 죽자 주인의 아내가 자식들에게 책을 물려주려고 하는 장면은 유독 인상적이기도 하고 가슴 한 켠이 따끔거리기도 한다.

"제발, 어머니, 그 물건만은……" 하며 자식들이 겁에 질린 거절을 하는 대목은 우리가 오래된 물건들을 거절해 왔던 수많은 순간들을 떠올리게 한다.

그렇게 책은, 사람이 만들었지만 사람의 머리 꼭대기에서 웃으며 내려다본다. 익숙하지만 낯설다.

독설의 대가, 아프지만 받아들인다

침대 위 협탁 위에서 그녀가 읽어주기를 기다리고, 매일 밤 그녀에게 선택되기를 바라다가 '나'는 시집을 사랑하게 되었다. 마치 인간들이 연인을 갈망하듯이, 그리고 실연을 하고 유행가 가사처럼 체념해 가듯이 내가 책이었을까, 책도 나였을까. 그리고 시집을 동경하게 되었다. 그들이 고압적인 우월감 같은 것을 지니고 있다고는 하지만 사랑도 우월감도 결국 '나'를 빛나게 하기 위한 뜸들임이었다. 소설책이었던 그 자신은 시집에 비해 겸손하다고 목소리에 힘을 주고 있으니 말이다. 그리고 '나'는 다른 소설과도 달라야 했다. 『죄와 벌』이 내는 당당한 목소리에 동경을 표하기도 하지만, 살아남기 위해 희귀한 제목을 달고 있는 소설들을 비참하게 여긴다. 즉흥적으로 글을 쓰는 작가들이 진짜 작가들에게서 에피소드를 훔쳐내고 있는 현실을 개탄한다. 책이 하는 말이지만 아프다. 그래도 받아들일밖에.

지극히 인간적인, 그래서 두렵다

'자서전을 쓰는 책'이 지내온 60년은 마치 사람의 인생과 닮아 있다. 60년간 네 명의 독자를 거쳐 온 것을 자랑스레 여기며 스스로 위안하지만 그래도 아직 들려 줄 이야기가 남아있다며 다음번 주인을 또 기다린다. 컬러 텔레비전과 인터넷의 등장을 마주하며 종말이 가까워졌다고 느끼지만 포기하지 않는다. 황혼의 나이에도 남은 청춘이 있다 다독이며 언성을 높이는 고집스러운 누군가를 보는 듯하다.

인간적인, 지극히 인간적인.

그래서 이젠 오래된 서고 앞에서 쉽게 입을 열 수 없을 것 같다. 폐지함에서 앞장이 뜯겨나간 책을 보면 무안해질 것만 같다. 아직도 할 말이 많은 그들의 목소리를 듣게 될 것만 같아서,

- 『책의 자서전 : 어느 베스트셀러의 기이한 운명』(열대림, 2004)에 대하여

1. 책이 쓰는 자서전처럼 어떤 사물에 대한 글을 쓴다면 무엇을 선택하여 쓸 것인가? 그 이유는 무엇인가?

2. 우리 주변의 사물을 지켜보면서 인간의 삶과 비슷하다는 느낌을 받은 적이 있는지 생각해 보자.

3. 작가가 이 책의 제목을 '책의 자서전'이라고 지은 이유는 무엇일지 이야기해 보자.

간장 냄새 나는 이야기

작가 서영은이라고 하면 그녀의 소설보다 김동리를 먼저 떠올리게 되는 것은 개인적으로 참 미안한 일이다. 그래도 어쩔 수 없다. 그녀는 '먼 그대'의 주인이기도 했지만 김동리의 여자이기도 했으니까. 그래서 이 소설을 만나면서 그녀를 둘러싼 자욱한 소문들을 확인하고 싶은 마음이 무엇보다도 컸다.

20대에 만난 사랑에 40년쯤의 세월의 옷을 입히면 이만큼 담담하게 털어놓을 수 있을까? 자서전이기보다 소설이어야 했던 이야기는 노인과의 음울한 결혼식 장면으로부터 시작된다. 그리고 나는 아주 오래전에, 신문 한 귀퉁이에서 충격적으로 만났던 김동리의 세 번째 결혼식 기사를 어렴풋이 함께 떠올리게 되었다.

그랬었구나.

그렇게 대단해 보이던 사랑도 오로지 행복한 시절만은 아니었구나.

　30여 년의 나이 차를 극복한, 대단한 세기의 사랑이라고 포장하기에는 여자는 다만 40대의 지쳐가는 청춘이었고, 남자는 충분히 삶에 이기적인 그저 노인이었다.

　시간이 흐르자 그녀는 그 사실을 더욱 명백히 깨달았다. 지금까지 그가 그녀와 온전히 하나 될 수 없었던 것은 아내 때문이었다기보다 집이 다른 곳에 있었기 때문이다. 남자에게 집이란 그 아내가 있는 곳이 아닐 수도 있다는 것이 그녀에겐 이상했다.

　여자가 결혼하고 나서 처음 깨달은 것은 이런 것이었다. 이럴 때 전해지는 작가의 한기는 담담한 듯하면서도 시퍼렇게 날이 서 있는 것 같다. 작가의 타고난 재능이 돋보이는 표현이라기보다는 사랑에 지친 뒤안길에서 독기 어린 한숨이 뿜어져 나오는 것 같다.

　그녀는 그가 살이 닿을 만큼 가까이 왔을 때 몸에서 나던 간장 냄새를 잊을 수 없었다. 그 냄새는 한 여자와 한 남자의 운명이 섞일 때만 나는 냄새였다. 그렇게 만나 사십이 넘도록 사랑해 온 그 남자는 이제 마음속에만 존재했다. 그가 과거로 줌zoom된 시간 속으로 사라져 버리자 그녀는 그와 교신할 방도를 잃어버리고 말았다. 떨림이 아직 그녀의 가슴을 두근거리게 하지만, 응답이 오지 않았다.

여자가 남자와 함께 있을 때 난다던 '간장 냄새'는 소설의 마지막 부분까지 독자의 후각에서 좀처럼 떠나지 않는다. 그게 왜 하필 간장 냄새인지 물을 새도 없이, 간장 냄새는 남자가 등장하는 매 장면마다 느껴지고, 어두운 항아리 안에서 기약 없는 인내로 곰삭아진 인생 같은 여자의 푸념에서도 묻어난다. 그럼에도 아직 남아 있던 떨림은 사랑이란 이름으로 포장된 설렘인지, 미래라는 이름으로 남겨둔 두려움인지 그 정체를 분명히 드러내지 않는다. 하지만 그것이 다름 아닌 바로 여자의 지극히 개인적인 사랑이었기에 굳이 캐묻고 싶진 않다. 겹겹의 자물쇠로 굳게 닫힌 남자의 창고처럼 열어보고 싶은 마음도, 막상 열어보면 특별할 것도 없을 것이다.

그 여자가 서영은이어서만은 아닐 것이다. 그 여자가 아니더라도 40년쯤 묵은 익숙한 사랑 한 가닥을 꺼내어 보면 누구든 잊고 있던 간장 냄새, 한숨 같은 떨림이 찾아들지 모른다. 세월은 모든 자물쇠를 하나씩 풀어놓는다. 노인의 곁에 고개 숙인 젊은 여류 작가의 흑백 사진이 이젠 낯설지 않은 추억 같다. 그리 특별할 것도 없는, 다만 안쓰러운 지난 사랑 같다. 그렇게 흑백 사진 속의 젊은 여류 작가는 오랫동안 굳게 다물고 있던 입을 열었다. 그리고 그 특별할 것도 없는 사랑에 세인들의 용서를 구하고 변명을 하고, 이제는 억울함을 이야기한다.

소설의 마지막 부분은 남자의 마지막을 제대로 지킬 수 없었던 여자의 통곡 같은 편지로 되어 있다. 소설의 기대를 저버리지 않기 위해서라면 이 부분은 생략되거나 다른 방식으로 쓰였으면 어땠을까 하는 것은 이기적인 독자의 욕심일 것이다. 작가의 말처럼 아주 담담하게, 불에 타는 아내의 시신을 끝까지 지켜본 사람 같은 말투로 여자의 이야기를 풀어놓는다 한들, 40여 년의 세월이 흘러도 그 여자가 바로 작가가 아닌 듯이 풀어나가는 것은 아무래도 무리였던 것 같다.

> "당신을 사랑합니다. 이 말이 마지막임을 맹세합니다." 당신은 이 말을 수도 없이 나에게 맹세시키셨죠. 이제 나를 밟고 지나가세요. 한 번으로 그 욕懋의 애끓음이 채워지지 않는다면 천 번 만 번이라도 밟으세요. 당신처럼 위대한 천재의, 평생토록 채워지지 않는 결핍감을 '나'라는 제물로 끝내고 싶군요. 나, 그 제물이 되려는 것은, 당신 한 사람으로부터 받은 그 사랑만으로도 세상 모든 여자들이 받아야 할 사랑을 빼앗은 죄를 지었기에.

마치 소월의 〈진달래꽃〉 같은 비장한 사랑을 고백하면서도 남자에 대한 한 깊은 절규가 묻어나는 것은 어쩔 수 없다. 여자의 꽃 같은 청춘은, 사랑은 그렇게 흔적 없이 사라졌다. 그리고 쓸쓸한 낙화 같은 소설로 남았다.

- 『꽃들은 어디로 갔나』(해냄, 2014)에 대하여

『꽃들은 어디로 갔나』를 읽고 생각해 보기

1. 소설을 읽고 나서 '간장 냄새'에 대해 떠오르는 나의 느낌을 이야기해 보자.

2. 소설을 읽고, 여자에게 '사랑'이란 어떤 의미였는지 생각해 보자.

3. 자서전이나 소설에서 편지글 형식을 사용하면서 얻게 되는 효과에 대하여 생각해 보자.

제5장 소설 같은 인생, 인생 같은 소설

'유년시절, 소년시절, 청년시절' 들여다보기

누군가를 처음 만나고 나면 그 사람에 대한 첫인상이라는 것이 우리의 의식 어딘가에 남는다. 그리고 언젠가 한번쯤 만나본 적이 있는 그 사람을 글로 다시 만나게 되면, 글에 대한 첫인상은 예전에 그 사람에 대한 첫인상을 떠올리는 것에서부터 시작된다. 사람들마다 각자가 쓰는 글에는 그만의 색깔이 비치고 향이 남고 첫인상이 새겨진다. 톨스토이라는 작가가 써낸 자전적 소설을 만나면서 오래전에 톨스토이의 지적이고 냉정한 소설들을 만났을 때 가졌던 느낌들을 먼저 떠올리게 되는 것도 마찬가지 이치가 될 것이다. 어쩐지 낯익은 톨스토이를 다시 처음으로 돌아가 만나는 방법으로 그의 자전 소설을 선택하였다.

『유년시절, 소년시절, 청년시절』은 레프 톨스토이의 문단 데뷔작이며 3부작으로 구성된 자전 소설이다. 유년시절부터 시작되는 톨스토이의 또 다른 일인칭은 니콜렌카 이르테니예프다－이 소설을 읽는 동안 주인공의 이름을 포함하여 다른 등장인물들의 어려운 이름들을 정확하게 떠올리는 것은 책을 읽는 과정에서 주어지는 또 다른 미션이다－. 할머니의 명명일(자신의 세례명과 같은 성인의 이름이 붙은 축일을 축하하는 날)에 드릴 선물로 자작시 문구를 고민하는 소년은 고집스럽고 소심한 어린 예술가의 얼굴을 떠올리게 한다. 어머니의 죽음과 함께 소년 시절을 맞이한 니콜렌카는 수줍은 첫사랑 자리에 아름답고 발랄한 소네치카를 들여놓는다. 그리고 이유 있는 반항의 시절, 니콜렌카의 주변에서는 쉽게 이해받을 수 있는 일은 아니었지만 대부분 사람들의 자전적 쓰기가 그러하듯이 독자가 한 발짝만 더 주인공의 내면으로 들어와 까치발을 하고 들여다보면 굳이 이해하는 데 무리는 없을 사건들이 이어진다.

외모도 성격도 그다지 무난하지는 않았던 소년은 어쩌면 그런 이유에서 더 독자의 마음을 끌어당기고 있는지도 모른다. 소년의 삶에서 끊임없이 영향을 주었던 형 볼로댜와 바람둥이 아버지의 존재는 사실상 소설의 중심부에서 크게 떠오르지 않는다. 니콜렌카에게 때로는 시기와 선망의 대상이 되기도 하고 때로는 원망과 무책임의 상징이 되기도 했던 그들은 가장 가까운 가족이었음에도 삶 속으로 그리 깊숙이 들어와 있지는 않다. 아니 오히려 그렇게 무심한 듯 여백으로 묘사되고 있는 니콜렌카 주변의 인물들은 그래서 더욱 독자에게 각자가 완성한 선명한 이미지를 담아 둘 수

제5장 소설 같은 인생, 인생 같은 소설

있도록 여지를 제공하고 있는지도 모른다.

대학생이 된 니콜렌카는 그 나이 또래의 설렘과 열정으로 친구를 만나고 세상을 배워간다. 물론 주인공은 다른 동료들보다 예민했고 자존심이 강했고 절망도 깊었다. 사이사이 등장하는 친구와의 갈등 요소나 그가 대처하는 방식을 보고 있노라면 톨스토이의 소설에서 받았던 다소 날카롭고 괴팍한 느낌이 새삼 이유 있는 근거로 다가온다. 하지만 톨스토이가 이 글을 자신이 쓴 소설의 첫 부분일 뿐 개인의 자전적 이야기로 생각하지 않았듯이, 소설 안에서 주인공의 어린 시절에 대한 단서들을 속속들이 찾아낼 수는 없다. 그래서 독자는 소설을 읽으면서 매 순간 작가의 어린 시절의 흔적들과 숨바꼭질을 하게 된다.

작품은 주인공의 유년시절부터 청년시절까지 성장해가는 모습이 소소한 에피소드가 중심을 이루면서 길지 않은 호흡으로 이어진다. 각 장 내부에서 다시 주요한 사건 위주로 세심하게 나누어 놓은 작은 장들은 복잡하고 예민한 주인공의 삶의 무게를 독자의 마음에서 덜어내 주는 역할을 한다. 그래서 이 소설은 주인공의 삶이 보편적인 삶을 지닌 사람들과 크게 달라 보이지 않도록 조심하고 있다는 인상마저 준다. 자전 소설에서 보이는 이러한 공감적 요소들은 독자와 소통하고자 하는 작가가 보여주는 가장 겸손한 배려가 아닐까 싶다.

아쉬운 점은 이런 조심스러운 작가의 이야기가 지적, 심리적 폭풍을 겪는 대학생 시절 초입에서 그치고 있다는 점이다. 그래서 독자는 이 소설을 톨스토이라는 신예 작가의 처녀작으로 이해하고, 작가의 다른 작품들과 새로 만나게 될 통로로 자리매김해 두어야 할 것 같다. '전쟁과 평화', '안나 카레리나', 그리고 작가의 마지막 소설인 '부활'에 이르기까지 작가의 인생은 곳곳에 녹아 있고, 독자는 우연치 않게 그것들과 마주하게 되며 다시 어린 니콜렌카를 떠올리게 될 것이다.

톨스토이가 이 작품을 자서전이 아닌 소설로 간주하였듯이 작가들의 자전 소설에는 각자의 특별한 의미가 부여되어 있다. 그리고 그것들이 왜 자서전이 아니라 자전 소설이어야 하는지에 대해서 독자는 고민하며 촉각을 세운다. 마침내 깨닫게 된다. 소설이 그의 자서전이었음을, 작가의 문학적 재능으로 깔끔하게 잘 배열해 놓은 정제된 인생이었음을. 그래서 자전 소설은 작가에게 있어서 꺼내놓고 싶은 부분을 마음껏 꺼내 놓고, 감추고 싶은 부분을 흔적도 없이 묻어 버리는 더 자유로운 쓰기 마당일 수 있다. 자서전보다 더 자유로운 쓰기가 허락되는 영역이 된다.

그렇다면 우리도 가능하지 않을까? 우리들 각자가 지금의 삶을 소설 안에서 자유롭게 풀어놓아 보는 작업이.

- 『유년시절, 소년시절, 청년시절』(펭귄클래식, 2013)에 대하여

『유년시절, 소년시절, 청년시절』을 읽고 생각해 보기

1. 소설과 자서전, 그리고 자전소설은 어떤 부분에서 공통점을 가질 수 있는지 생각해 보자.

2. 어떤 소설을 읽으면서 소설가의 삶과 닮았다고 느꼈던 경험을 떠올리고 이야기해 보자.

3. 톨스토이가 이 작품을 자서전이 아니라 소설이라고 고집한 이유는 무엇이었을지 나의 생각을 말해 보자.

너무 쓸쓸하지는 않았으면 하는 당신에게

- 자서전을 쓰려는 당신에게

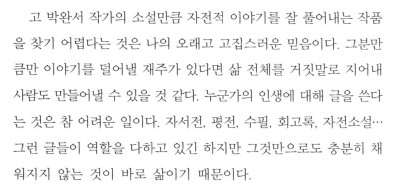

고 박완서 작가의 소설만큼 자전적 이야기를 잘 풀어내는 작품을 찾기 어렵다는 것은 나의 오래고 고집스러운 믿음이다. 그분만큼만 이야기를 덜어낼 재주가 있다면 삶 전체를 거짓말로 지어낸 사람도 만들어낼 수 있을 것 같다. 누군가의 인생에 대해 글을 쓴다는 것은 참 어려운 일이다. 자서전, 평전, 수필, 회고록, 자전소설… 그런 글들이 역할을 다하고 있긴 하지만 그것만으로도 충분히 채워지지 않는 것이 바로 삶이기 때문이다.

어느 날, 오래된 서고에서 박완서 작가의 빛바랜 소설집 한 권이 나에게 말을 건넸다.

'넌 쓸쓸하지 않을 것 같니?'라고.

'환각의 나비'에 등장한 치매의 어머니가 한동안 잊고 있던 나의 어머니와 중년 이후 고독의 모습을 일깨우기 시작했다. 망각 속에 평화를 찾은 어머니의 모습을 지켜보면서, 내 어머니 생전에는 그 사소한 평화 한 줌도 손에 쥐어 드리지 못한 지난날에 눈시울이 무거워졌다. 세상에는 잊히며 살아질 일들이 있고, 잊어야 살 수 있는 일들도 있다. 삶에서 잊어야 하는 일이 너무 버거워 일상마저 망각 속으로 떠나보낸 어머니가 찾은 평화로운 모습을 넋을 놓고 바라보다가 나도 어느새 머리 희끗한 노년이 되어버린 것 같았다. 어떤 나이라도 앞서간 젊은 날은 그리움과 추억으로 버무려 있겠지만, 우리가 너무도 쓸쓸한 나이에 되어 있을 무렵에는 젊은 날의 아린 상처마저도 돌이켜 다시 통곡하고 싶은 절절함이 남게 될는지도 모른다.

처음 이 책을 만났을 때 만나진 너무도 쓸쓸한 당신들의 모습은 내 중년을 염려스럽게 했었다. 하지만 얼마쯤은 중년에 받아들여야 할 쓸쓸함의 정체를 미리 낯설지 않게 해 주었는지도 모른다. 그리고 지금 다시 만난 그 쓸쓸한 중년의 이야기들로 인해 이제는 안타깝고 아프고 미안해진다. 어머니 시대의 쓸쓸함을 존중하고 안쓰럽게 생각하지만, 당신들의 쓸쓸함은 우리 세대에 교훈으로만 남길 바랐던 것은 욕심이었을까.

자서전을 쓰려면 이런 쓸쓸함 정도는 아무렇지 않게 꺼낼 수 있어야 할 것 같다. 아니, 적어도 자서전을 쓰려는 당신이라면 일상의 이런 쓸쓸함을 빛나는 기억으로 잡아둘 수 있어야 할 것 같다.

자서전에 반하다

다양한 자서전과 평전들, 그리고 자전소설들에서 만나 본 다양한 삶의 모습 속에도 그런 쓸쓸함은 갈피갈피에서 보석처럼 빛나고 있다. 그런 빛나는 보석들을 만나고, 다시 빛나는 부분을 찾아내어 되새겨 거칠게 되뇌어 보는 이 작업이 또 다른 자서전이 시작될 수 있는 실마리가 되었으면 좋겠다. 누군가의 삶을 써 내려간 무거운 책들을 또 살뜰하게 읽어 볼 핑계가 되었으면 좋겠다. 그리고 자서전을 쓰려는 당신은 마침내 오래오래 독자들의 가슴에서 다시 살게 될, 그런 삶의 이야기를 세상에 풀어놓을 수 있었으면 좋겠다.

참고자료

『양파 껍질을 벗기며』, 귄터 그라스 저, 장희창·안장혁 역, 민음사, 2015.

『마크 트웨인 자서전』, 마크 트웨인 저, 안기순 역, 고즈윈, 2005.

『아스트리드 린드그렌』, 마렌 고트샬크 저, 이명아 역, 여유당, 2017.

『애거서 크리스티 자서전』, 애거서 크리스티 저, 김시현 역, 황금가지, 2014.

『브론테 자매 평전』, 데버러 러츠 저, 박여영 역, 뮤진트리, 2018.

『석주명 평전』, 이병철 저, 그물코, 2011.

『이상 평전』, 고은 저, 향연, 2008.

『윤동주 평전』, 송우혜 저, 서정시학, 2016.

『마담 퀴리』, 에브 퀴리 저, 이룸, 2006.

『찰리 채플린 나의 자서전』, 찰리 채플린 저, 이현 역, 김영사, 2007.

『빈센트 반 고흐, 내 영혼의 자서전』, 민길호 저, 학고재, 2014.

『구로사와 아키라, 자서전 비슷한 것』, 구로사와 아키라 저, 김경남 역, 모비딕, 2014.

『밥 딜런 자서전, 바람만이 아는 대답』, 밥 딜런 저, 문학세계사, 2016.

『자화상』, 에두아르 르베 저, 정영문 역, 은행나무, 2015.

『스티브 잡스』, 월터 아이작슨 저, 안진환 역, 민음사, 2011.

『리처드 도킨스 자서전 1 – 어느 과학자의 탄생』, 리처드 도킨스 저, 김명남 역, 김영사, 2016.

『리처드 도킨스 자서전 2 – 나의 과학 인생』, 리처드 도킨스 저, 김명남 역, 김영사, 2016.

『내 사랑 피에르 퀴리』, 마리 퀴리 저, 금내리 역, 궁리, 2000.

『나, 스티븐 호킹의 역사』, 스티븐 호킹 저, 전대호 역, 까치, 2013.

『이광수 문학전집 소설 26 : 나·소년 편』, 이광수 저, SINYUL, 2013.

『이광수 문학전집 소설 27 : 나·스무 살 고개』, 이광수 저, SINYUL, 2013.

『책의 자서전 : 어느 베스트셀러의 기이한 운명』, 안드레아 케르베이커 저, 이
현경 역, 열대림, 2006.

『꽃들은 어디로 갔나』, 서영은 저, 해냄, 2014.

『유년시절, 소년시절, 청년시절』, 레프 톨스토이 저, 최진희 역, 펭귄클래식 코
리아, 2013.

신문

『서울신문』 2019년 11월 19일 자, 〈샬럿 브론테가 14세 때 쓴 '꼬마 책' 189년
만에 집필 장소로 귀환〉, 임병선 기자.

영화·드라마

〈동주〉, 이준익 감독, 2016년작.

〈러빙 빈센트〉 Loving Vincent, 도로타 코비엘라·휴 웰치맨 감독, 2017년작.

〈마리 퀴리〉 Radioactive, 마르잔 사트라피 감독, 2019년작.

〈반 고흐, 위대한 유산〉 The Van Gogh Legacy, 핌 반 호브 감독, 2014년작.

〈비커밍 아스트리드〉 Becoming Astrid, 페르닐레 피셔·크리스텐센 감독, 2021
년작.

〈사랑에 대한 모든 것〉 The Theory of Everything, 제임스 마쉬 감독, 2014년작

〈스티브 잡스〉 Steve Jobs, 대니 보일 감독, 2016년작.

〈아임 낫 데어〉 I'm Not There, 토드 헤인즈 감독, 2007년작.

〈양철북〉 Die Blechtrommel, 폴커 슐렌도르프 감독, 1979년작.

〈이상李箱, 그 이상以上〉, MBC 드라마 페스티벌, 2013년작.

〈잡스〉 Jobs, 조슈아 마이클스턴 감독, 2013년작.

〈제인에어〉 Jane Eyre, 캐리 후쿠나가 감독, 2011년작.

〈폭풍의 언덕〉 Wuthering Heights, 안드리아 아놀드 감독, 2012년작.

지은이 **이은미**

자서전 읽기와 쓰기 교육에 대한 연구로 박사학위를 받았다. 저서에
『자서전, 내 삶을 위한 읽기와 쓰기』,『파리지엔 글쓰기 - 내가 거기
서 기다릴게』등이 있다.

자서전에 반하다

2024년 5월 30일 초판 1쇄 펴냄

지은이 이은미
펴낸이 김흥국
펴낸곳 보고사

책임편집 황효은
표지디자인 김규범

등록 1990년 12월 13일 제6-0429호
주소 경기도 파주시 회동길 337-15 보고사
전화 031-955-9797
팩스 02-922-6990
메일 bogosabooks@naver.com
http://www.bogosabooks.co.kr

ISBN 979-11-6587-723-1 93810
ⓒ 이은미, 2024

정가 16,000원